光文社文庫

境内ではお静かに

七夕祭りの事件帖

天祢(あまね)　涼

光　文　社

目次

開帖　5

第一帖　おやめになるなら、その前に　13

第二帖　「子の心親知らず」ですか？　83

第三帖　フィギュアのご慰霊は難しく……　157

第四帖　たとえ、あなたがいなくても　235

閉帖　285

解説　円堂都司昭(えんどうとしあき)　299

目次・章扉デザイン／西村弘美
章扉イラスト／　友風子

開帖

朱色の鳥居をくぐり、短く急な階段を上った先に広がっているのが、源神社の境内だ。

地面には玉砂利が敷き詰められ、周囲には桜や楠などの大木が密生している。

外界から隔離された異世界のようなこの場所の真ん中で、いま、炎が赤々と燃え上がっていた。

今年は空梅雨で、六月の時点で既に蒸し暑かった。七月八日のいまは暑さがさらに増し、そろそろ夕刻なのに、陽光が突き刺すように降り注いでいる。なにも知らない人が見たら、「なぜ、こんなに暑いのに焚き火をしているんだ？」と不思議に思うかもしれない。

でも、これは古くなったお守りやお札、神具などに感謝を捧げ、燃やすことで天に還す神事——お焚き上げだ。正月飾りなどを燃やす「どんど焼き」が有名なので年明けにしかやらないと誤解されることもあるが、どんど焼きはお焚き上げの一種。お焚き上げ自体は、季節に関係なく各地の神社で行われている。

——なんてことを説明しているんだろうな。

俺はそう思いながら、視線を炎から久遠雫（くおんしずく）へと移した。

巫女装束（みこしょうぞく）の雫は、首からカメラをぶら下げた東アジア系の恋人同士（カップル）に愛くるしい笑みを浮かべ、中国語で話をしている。本人は「片言と言うのもおこがましいほどの単語の羅列（られつ）でしかありません」と言っているが、ここで働き始めた今年の二月から一生懸命勉強したようだ。

横浜の元町（もとまち）にあるこの神社は、近くに中華街（ちゅうかがい）や外国人墓地（がいこくじんぼち）、港（みなと）の見（み）える丘公園（おかこうえん）などの観光名所が点在しているので、地元の人だけでなく、観光客も数多く訪れる。特に外国人観光客の目には、神社という空間が「日本の神秘」に映るようで、興奮気味に鳥居や手水舎（ちょうずや）の写真を撮ったり、雫に声をかけたりする。

いま雫から説明を受けている恋人同士（カップル）は頷（うなず）きながら、雫と炎を交互に見ていた。燃やしているものに驚いているのだろう。気持ちはわかる。

かくいう俺も、お焚き上げについて知ってから四ヵ月も経っていない。

＊

子どものころから信心と無縁だった俺がこの源神社で働き始めたのは、三月中旬のこと。

悩みに悩んだ末、教師になる夢をあきらめて四年生になる直前、大学を中退した俺に、両親は唐突に「海外に移住するので家を売り払う」と言い出した。やりたいことも、住む場所も見つからない俺に声をかけてくれたのが、十一歳年上の兄・栄達だ。

「うちの神社に住み込みで働くといい。壮馬になら、安心して仕事を頼める」

俺と違って、子どものころから日本神話や神事の類いが大好きな兄貴は、源神社の一人娘と結婚して婿養子になった。いまはこの神社で宮司——一般企業でいうところの社長——をしながら、境内の日本家屋に住んでいる。

兄貴の申し出をありがたく受けた俺が出会ったのが、久遠雫だ。

白衣と緋袴を纏い、腰まである黒髪を一本に束ね、背筋を真っ直ぐに伸ばした少女。身長は一五〇センチ前後しかないけれど、凜々しくて、もっと大きく見える少女。肌は新雪のように白く、瞳は黒真珠のような少女……などといろいろ形容しても仕方がないから、一言で言おう。

この世にこんなきれいな子がいるのか、と見惚れた。

最初は胸が高鳴った。白衣白袴(しろばかま)を纏うのは生まれて初めてで、神社の知識がなにもない俺の教育係になってくれると知ったときは、喜びもしたのだが……。

＊

「謝謝(シエイシエイ)」

東アジア系恋人同士(カップル)が、笑顔で手を振り去っていく。雫は愛くるしい笑みを浮かべたまま、手を振り返していたが。

「神社に興味を持っていただけたようで、よかったです」

そう言いながら俺の傍(そば)に戻ってきた表情は、別人のように冷え冷えとしていた。いつものことながら、苦笑してしまう。

＊

参拝者相手には愛嬌(あいきょう)を振り撒(ま)くけれど、同僚には、にこりともしない。

雫がそういう巫女であることは、働き始めてすぐにわかった。「参拝者さまと話すときと表情が違って当然。愛嬌を振り撒くのは巫女の務めです」と大まじめに言い切る雫に、当然、胸の高鳴りは鎮(しず)まっていった。

一方で、神社で働いているうちに、もともと薄かった俺の信心は完全にゼロになった。神道では、源神社の主祭神である源　義経のように、非業の死を遂げた「元人間」の神さまがたくさんいる。そんな神さまたちを「ご利益がある」と祀ることが、生きている人の都合で死んだ人を利用しているようで、嫌になったからだ。

それでも行く当てがないので、目の前の仕事を必死にこなし続けた。そのうちに「名探偵」と頼られ、参拝者のために謎解きをする雫が、突き放すような言い方に聞こえても相手を励ましているつもりだったり、自分に危害を加えようとした相手をかばったりする場面に度々出くわした。

要は、ちょっとずれているだけで、優しい子だったのだ。

それがわかってから再び胸が高鳴り、とうとう「この子が好きだ」と自覚するようになった矢先、雫が横浜に来て源神社で働き始めたのは、お姉さんの死の謎を解くためだったことがわかる。

お姉さんの死に責任を感じ、心に深い傷を負っていることも。

見ていられなかった俺は、雫のために〝ある嘘〟をついた。

その甲斐あって雫はお姉さんの死から解放されたが、俺がついた嘘は死んだ人を利用するような嘘——即ち、「信心ゼロ」だからこそ成り立つ嘘だった。

でも雫は巫女で、札幌にある神社の娘なのだ。信心ゼロでは決して結ばれない。

胸がつぶれそうになったけれど、雫を救うためには嘘を貫きとおすしかなかった。

七月一日。心の傷が癒えた雫は札幌に帰ることになったし、俺は俺で、まだ具体的ではないけれど、やりたいことを見つけた。昼休み中、兄貴にそう告げ源神社をやめる相談をしていると、雫が応接間に入ってきて言った。

「両親と話し合って、残らせていただくことにしました。高校も、横浜の学校に転入します」

呆気に取られている間に、兄貴から俺がやめるつもりだと聞かされた雫は、瞳からいつもより激しく冷気を迸らせ、「本当にやめるんですか、壮馬さん？」と訊ねてきた。

俺がやめるから怒ってる？　じゃあ雫も俺を？　落ち着け。たとえそうだとしても、俺は雫のために信心ゼロを貫き続けなくてはならないんだ。でも……。

「答えてください、壮馬さん。やめるんですか、やめないんですか？」

重ねて訊ねられた俺は、答えがまとまらないまま口を動かした。

「や……やめま――」

＊

「壮馬先生」

背後からの声で、俺の意識は七月八日（いま）へと引き戻された。振り返る。最初のころはネクタイを巻いた首が苦しかったが、だいぶ慣れた。

白衣白袴になじみつつあったのでスーツを着ることに違和感を覚えたが、少しは様になってきたとも思う。

俺の方に歩いてきたのは、細身の少年と、赤毛の女性だった。

どちらも、俺が手伝っている塾の関係者である。

「先生らしく見えますよ、壮馬さん」

雫の声音（こわね）には、温度がまるでなかった。曖昧（あいまい）な笑みを浮かべながら、俺は思い出す。

「壮馬先生」と呼ばれるようになった経緯を。

第一帖
おやめになるなら、その前に

1

七月一日。

「答えてください、壮馬さん。やめるんですか、やめないんですか？」

「や……やめま――」

正座したまま、凍てついた表情で俺に迫ってくる雫に答えようとした瞬間だった。

「失礼します」

きりりとした声音が応接間に響き、襖が静かに開いた。廊下に正座しているのは、白衣に浅葱色の袴を纏った女性。つり気味の目は猫を思わせる。

先代の宮司の一人娘にして、兄貴の妻・琴子さんだ。

琴子さんは、襖を開く前とは別人のように、からりとした声で言う。

「お話し中に失礼、壮ちゃん。お客さんが来てるよ」

神社で働き始めてから、俺への来客は初めてだ。「誰ですか？」と訊ねるのと同時に、琴子さんの頭上に「ひょい」という音がしそうなほど軽やかに顔が現れた。

うっすら青みがかった瞳に、高い鼻。肩で切りそろえた髪は、濃いめの赤。

もう二度と会うことはないと思っていたので、すぐには誰かわからなかった。

「久しぶりー、壮馬」

俺が我に返る前に、女性は赤毛を左右にリズミカルに揺らし、溌剌と笑う。

「ソウマ……」

ぽつりと呟く雫の両目は、真ん丸になっていた。

雫が、俺のことを呼び捨てにする女性と出くわすのは初めてだ。

「……お久しぶりです、遠野さん」

雫を気にしながら頭を下げる俺に、女性は緊張感のかけらもなく右手を振る。

「なによ、そのかしこまった呼び方は。『佳奈さん』でいいじゃない。壮馬だって、そっちの方が呼びやすいでしょ？」

「……そう、ですね」

どぎまぎしながら横目で見遣ると、雫は依然として両目を真ん丸にしていた。兄貴と琴子さんの方は、やけに厳粛な面持ちをしている。

でも頬は、二人してぴくぴく動いていた。

佳奈さんは、雫たちなど存在しないかのように話し続ける。

「壮馬と連絡が取れなくて大変だったのよ。スマホもＬＩＮＥも変えちゃってるから、家に直接行ったら空き家だし。ご両親が海外に移住したことも、壮馬が神社で働いてることも、人づてに聞いたんだから」

雫の視線が、ゆっくりと俺に向けられる。

いつもの冷たさに鋭さも加わり、氷柱（つらら）を突きつけられているよう。まさか、やきもち……と考えるのは、己惚（うぬぼ）れだろうか。

「わざわざ職場にまで来たんです。大事な用があるんですよね？」

俺の質問に、佳奈さんは大きく頷いた。

「少し時間をもらえる？　二人だけで話がしたい」

俺が兄貴たちと話をしていた応接間は、社務所にある。社務所とは、お守りやお札を並べたり、祈禱（きとう）の受け付けをしたりする、神社の事務全般を行う建物だ。この中には応接間のほか、パソコン、帳簿などが並んだ事務室や、台所もある。一般家庭の台所より広めで、冷蔵庫も大きい。

神職（しんしょく）や巫女の賄（まかな）いをつくることはもちろんだが、神社はなにかと関係者を集めて宴会を催（もよお）すので、充実した台所が不可欠なのだ。

「久々の再会のようだから、ちょっとくらい昼休みをすぎても構わないよ」

兄貴にそう言って送り出され、俺は佳奈さんを連れて台所に入った。廊下を挟んで向かい側が応接間だが、ドアさえ閉めれば外から話を聞かれる心配はない。

ちなみに雫は、応接間から出ていく俺に氷柱の眼差しを向けたままだった。

やっぱり、やきもち？　俺に親しげに話しかける佳奈さんが気になるのか？　だとしたら……やばい、顔が熱くなってきた……。

「あの巫女さん、ものすごくかわいいね。壮馬の好みのタイプでしょ？」

この人の目はごまかせない。俺はドアが閉まっているのを確認し、それでも小声で言う。

「まあ、そうですね」

「あんな風に目が大きくて色白で、楚々としたお嬢さまっぽい子が好きなんだもんね。あたしとは全然違うタイプ」

あっけらかんとした物言いに、苦笑するしかない。確かに佳奈さんは、目はアーモンド形で鋭く、肌の色は健康的な小麦色。西洋人形のような顔立ちなのに、ぽんぽん言葉を飛ばし、お嬢さまっぽさは微塵もない。

でも俺はこの人に惹かれ、つき合っていたのだ——高三のときまで。

一つ年上の佳奈さんに、大学でカレシができて、振られるまで。

「それより用件は？　宮司はああ言ってましたけど、あまり遅くなるわけにはいきません」

別れた恋人同士(カップル)とは思えない距離感を奇妙に感じながら促(うなが)すと、佳奈さんは不意に真剣な面持ちになった。

「あたしと一緒に、我が家(うち)の塾を手伝ってくれない？」

佳奈さんの家は、市内の神奈川(かながわ)区白楽(はくらく)で、ツバサ塾という学習塾を経営している。塾長である父親の充(みつる)さんのほかに講師が何人かいて、子どもの個性に合わせた個人指導がウリだ。塾生は、小学生から高校生まで、春先は毎年二十人程度。受験シーズンが近づくにつれ増え、ピーク時の年末年始は五十人を超える。地元では、割と名が知られているが。

「佳奈さんは人に教えるのが苦手だから、家業を継ぐつもりはないと言ってましたよね？」

なまじ、自分がなんでも器用にこなすだけに、できない人の気持ちがわからない――佳奈さんは、そういうタイプだ。高校の弓道部(きゅうどうぶ)でも、教え方は驚くほど下手(へた)だった。

佳奈さんは「確かに言ったけどさ」と微苦笑(びくしょう)する。

「大学二年のとき、父から『人手が足りないから手伝え』と、春休みの間だけ無理やり講師をやらされたの。そうしたら、勉強ができるようになっていく子どもたちを見るのが楽しくなって。結局ずっと続けて、この春に大学を卒業してから、正式に社員になった。いまなら『子どもたちの笑顔が見たい』と言って教師を目指していた壮馬の気持ちがわかるよ――壮馬は、あのときの気持ちを忘れちゃったみたいだけど」

微苦笑を湛えたまま俺の白衣白袴を見つめる佳奈さんは、どこかさみしそうだった。

「忘れたわけじゃない。いまの俺は、子どもだけじゃなくて〝みんな〟の笑顔が見たくなったんですよ」

これが教師の代わりに俺が見つけた、新しくやりたいことだ――そのために具体的にどうすればいいのかは、まださっぱりだけれど。

「そういう風に決意するまで、いろいろなことがあったのはわかってるつもり。それでも、少しだけ手伝ってほしい」

「急にそんなこと言われても」

「面倒を見てほしい子は一人だけだよ。高校二年生の男の子で、去年まで――」

昨日は、夏越大祓式があった。毎年六月三十日に全国の神社で催される、半年間の穢れを祓う神事だ（ちなみに十二月には、年越大祓式が催される）。いつも以上に参拝者や外国人観光客が訪れたため、境内は全体的に雑然としていた。

というわけで今日は朝から、片づけや掃除をしている。佳奈さんが帰って、長めの昼休みが終わった後も同様だ。

「そんなに急がなくてもいいから慎重に玉砂利をならしてください、壮馬さん」

「あそこの楠の辺りもお願いします。昨日、子どもがかくれんぼしていましたから」

雫はこんな風に、てきぱきと俺に指導してきた。俺が神社をやめるのか、やめないのかについては話題にもせず、完全にいつもどおりである。俺が佳奈さんとなにを話したのかも、一切訊いてこない。

「ところで、昼休みに来た女性のことなんですけど」

「壮馬さんのプライベートに立ち入るつもりはありません。それより手を動かしてください」

頃合いを見て切り出した俺に、雫はぴしゃりと言った。本当に、いつもどおりだ。

佳奈さんが現れたとき、両目が真ん丸になったり、俺に対する眼差しが氷柱になったりしたのはなんだったんだ？

釈然としないまま、午後六時、夕拝の時間になった。職員一同、社殿に集まり、源義経に一日を平穏無事にすごせたことへの感謝を捧げて本日の業務は終了。それから境内に併設された兄貴の家、草壁家に戻った。俺同様、雫もこの家に居候している。

各々私服に着替えてから、居間で座卓を囲んで夕食をとる。神社では「食事の間は会話せず、食べることに専心すべし」という考えもあるそうだが、兄貴と琴子さんはよくしゃべる。話題は、今日のできごとから、昔話、テレビのネタまでさまざまだ。

雫はといえば、愛想こそないが、兄貴たちの話に相槌を打ったり、質問を挟んだりしている。

俺の去就も、佳奈さんの話も、不自然なほど出てこない。佳奈さんが何者なのか、気にならないはずがないのに。雫の真意はわからないが、兄貴と琴子さんの方は、俺が話し出すのを待ち構えているとしか思えない。

時折、俺の方にちらちら視線を投げてくるのが、その証拠だ。

まあ、先延ばしにすることでもないしな。

「宮司に相談があります」

話が途切れたところで、俺は切り出した。兄貴は宮司なので、雫の前では常に敬語で話すようにしている……というより、そうしないと雫に怒られる。

まずは佳奈さんの家が、白楽では名の知られた塾であることを説明してから本題に入る。

「しばらくの間、彼女の手伝いをさせてください。いま、高二の男の子を教えられる講師がいないそうです。俺は教育学部だったから、適任者が見つかるまで臨時でお願いしたい、と頼まれました。その子が塾に来るのは七時。夕拝が終わったら、すぐ行かせてもらえないでしょうか」

源神社の最寄り駅は、みなとみらい線の元町・中華街だ。白楽駅までは、みなとみらい線から東横線直通で十五分ほど。塾の開始時刻になんとか間に合う。

「僕は構わないよ」

兄貴はそう言ったが、琴子さんが眉をひそめた。

「いくら壮ちゃんが体力に自信があっても、掛け持ちはきついでしょ。それに科目は？　なにを教えるの？」

「数学です」

「壮ちゃんは、小学校の社会科教育専攻だったよね？」

「そうですけど、これまで彼を教えていた佳奈さんも文学部でしたし、その子は数学の基礎から学びたいそうだから大丈夫です」

「基礎から学びたいなら、なおさら専門家の方がいいんじゃない？」

「壮馬がやる気なんだから行かせてあげようよ、琴子さん。ついでに塾生に、神社の宣伝もしてほしいしね。白楽の子なら、この辺りに遊びにくることもあるだろう」

兄貴がどさくさに紛れて経営者の一面を見せると、琴子さんは「栄ちゃんがそう言うなら」と頷いた。これで話はまとまった。俺は、右隣に正座する雫を気にしながら続ける。

「それで、あの……塾を手伝うからといって、ここをやめるわけでは……」

「その件は、塾が落ち着いてからで構わない。僕としては、壮馬が具体的になにをしたいのか見つけるまで、ここにいた方がいいと思う。でも決めるのは、あくまで壮馬自身だ。一度はやめようとしたんだから、じっくり考えなよ」

「私もそう思うよ、壮ちゃん」

悠然(ゆうぜん)と腕組みする兄貴と、猫を思わせる目を細くする琴子さん。二人とも、俺のことを考えてくれているんだ、と感激しただろう——二人して雫の方を、笑うのを我慢している顔で、さぐるように見ていなければ。

兄貴は、俺の雫への気持ちを知って、「応援する」と言っていたのに。

雫は、兄貴たちの視線には無頓着(むとんちゃく)に口を開く。

「わたしも、宮司さまと琴子さんのご意見に賛成です。壮馬さんも大学をやめて、そろそろ半年。身の振り方を慎重に判断された方がよろしいかと思います」

「でも雫さんは昼休みのとき、俺に『本当にやめるんですか?』と訊いてきましたよね」

年下とは思えない言い草に、つい言ってしまう。

雫が俺を見上げる。いつものとおり、感情の見えない凍てついた眼差しだ。

「訊きましたけれど、なにか?」

「その……やめるのを咎めるような昼間の態度と違いすぎると思いまして」

「あのときは、急に『やめる』と聞いて驚いただけです。でも壮馬さんの人生ですし、宮司さまから『〝みんな〟の笑顔を見たい』という夢を見つけたとうかがいました。ご自由にどうぞ」

冷たく、素っ気なくはあるが、この子にとってはいつもの口調だ。

雫がやきもちを妬いていると思ったのは、己惚れだったのかもしれない。

風呂に入ってから、俺は自分の部屋に戻った。雫の部屋とは対角線上にある、二階の角部屋だ。

今日は本当にいろいろあった。夏越大祓式を経て、雫を救うための嘘をついてから一日しか経っていないなんて信じられないが、まだやらなくてはならないことがある。

――じっくり考えるもなにも、結論は出てるんだけどな。

苦笑いしながら、スマホで電話をかける。

兄貴に休みをもらい、七月二日と三日の二日間、俺はツバサ塾で塾長から研修を受けた。できるだけ早く対応しなくてはならないので、早速、明日から講師をしてほしいという。

もう少し準備期間がほしかったが、「子どものためにも頼むよ、坂本くん」と何度も頭を下げられては断るわけにはいかない。

七月四日。夕拝を終えるなり、俺は自分の部屋に戻って着替えた。

研修の間は塾長から「普段着でリラックスしてほしい」と言われたので私服だったが、今日からはスーツだ。数えるほどしか着たことがないので、姿見に映る自分に違和感を覚える。体格が人並み以上にがっしりしているので、講師というより、ボディーガードやSPのようだ。

もちろん、生徒にはそんなこと関係ない。両手で頰をたたき部屋を出て、階段を駆け下りると、玄関の引き戸を開けて雫が入ってきた。夕拝が終わった後も参拝者に声をかけられていたので、巫女装束のままだ。

今日も一日一緒に働いたが、塾の話は一切出なかった。

「行ってきます」

なんとなく気まずい思いをしながら言う俺に、雫はなにか言いかけ、でも口を閉ざした。

「なんですか?」

「なんでもありません。行ってらっしゃいませ」

雫は軽く頭を下げると、家の中に入っていく。「がんばってください」とか、なにか一言くらいあるかと思ったのに。

雫がやきもちを妬いているというのは、やっぱり己惚れだったんだ。

白楽駅を出てすぐのところに、六角橋（ろっかくばし）商店街がある。大通りと仲見世（なかみせ）が並行する大きな商店街は、昭和レトロな雰囲気を敢（あ）えて残した街並みで、いつもたくさんの人が行き交（か）っている。春から秋の間、ひと月に一度の割合で市場を開いたり、「商店街プロレス」という独特の企画をいち早く始めたりと、イベントにも積極的らしい。

ツバサ塾は、この商店街の駅から見て端の方にある、三階建ての四角い建物だ。個人や少人数指導が中心なので、一階と二階には三、四人も入れば一杯になるブースがいくつかある。三階は、佳奈さん親子が暮らす住居スペースだ。

「春海（はるみ）くんは、もう来てるよ。まだ時間前だから、壮馬が慌（あわ）てる必要はないけど」

中に入ると紺色のスカートスーツを着た佳奈さんが、受付カウンター越しに声をかけてきた。「早いですね」と返す自分の声が、思いのほか硬くて驚く。

どうやら緊張している。初めて見る佳奈さんのスーツ姿に、なにか言う余裕もない。

講師室（と言っても、カウンター越しにある小さなスペースだが）に荷物を置き、一階奥の教室に向かう。ドアの前で深呼吸しようか迷ったが、こういうのは勢いをつけた方がいい。足をとめずにドアを開ける。

「初めまして、道場春海くんだよね」

声を大きくすることで緊張をごまかし、俺は朗らかな笑みを浮かべた。

「初めまして」

春海くんは俺とは正反対の、静かな声で応じる。色白で、全体的に細身。黒い髪は濡れたように色が濃い。小学生のときなら、女の子と間違えられたかもしれない。

俺は、春海くんと机を挟む形で椅子に座る。

「坂本壮馬です。大学では社会科を教えるための勉強をしていました。でも、数学も得意だったから大丈夫。わからないことがあったら、なんでも訊いて」

「よろしくお願いします」と春海くんが頭を下げる。出だしは順調だ、と俺が密かに胸を撫で下ろすのと同時に、その一言が告げられた。

「坂本先生は聞いてるんですよね、僕が、グレていたことを」

2

春海くんは、子どものころから頭の回転が速く、学校の成績が優秀で、大人たちから

「いい学校に進学する」という期待を一身に集めていた。中学に入学すると、その傾向に拍車（はくしゃ）がかかる。特に二年生から担任になった教師は「天才」「希望の星」とほめそやした。

でも風邪をひいたせいで、期待されていた超難関高校の受験に失敗。それでも第二志望の難関高校には合格したのに、両親は露骨（ろこつ）に落胆した。春から始まる高校生活について話しても、冷めた返事が返ってくるだけで、自分への愛情や関心をなくしてしまったかのようだった。熱がこもった言葉といえば「大学は第一志望に入れるようにがんばれ」くらい。

両親に見放されたように感じた春海くんは、担任にそのことを打ち明けた。ずっとほめてくれたのだから、親身（しんみ）に話を聞いてくれると信じていたのだ。

でも担任は、軽い調子でこう言った。

「先生もがっかりしたから、親御（おやご）さんの気持ちはよくわかる。この雪辱（せつじょく）は、大学受験で果たすしかないな」

それで終わりだった。

両親も担任も、自分を励まそうとしてくれたのかもしれない。でも、かけてほしかった言葉はこれじゃない。そのことをわかってもらえない――だから、春海くんは思った。

「自分は期待を裏切ったから関心を持たれなくなって、捨てられたんだ」と。

ずっと優等生だった春海くんにとって、初めての挫折（ざせつ）はあまりに重かった。朝目覚めると、頭が痛く、息苦しくなって起き上がれない。登校日も、卒業式もすべて欠席。それなのに担任は、「受験の失敗がショックだったんだな。好きにしていいぞ」と連絡してきただけ。両親もあまり声をかけてくれず、たまに話せば「そんなことだと大学受験も失敗する」と叱るばかり。

高校入学後も、両親の態度は変わらなかった。

お父さんもお母さんも、高校生の僕には関心がない。この高校に入ったことを失敗だと思っているんだ。そんな学校、行くだけ無駄じゃないか。

そう思った春海くんは学校に行かず、悪い連中とつるんで遊び歩き、朝帰りを繰り返すようになった。

佳奈さんは、このころの春海くんと話をしたことがある。髪を金色に染め、六角橋商店街を我が物顔で歩く少年を見かける度に、気にかかっていたのだ。

誰かと並んで歩いているときでも、どこか他人を寄せつけない雰囲気を醸し出していたから。

まるで、透明なバリアを張っているかのように。

声をかけたのは、去年の七月。明け方に降った大雨が嘘のように晴れた朝のことだった。

六角橋商店街の大通りと直交する路地を少し入ったところに、ごみ捨て場がある。そこから戻ろうとすると、路地の先、大通りとは反対方向にあるマンションから、金髪の少年――春海くんが、あくびを嚙み殺しながら出てきた。そのときは声をかけなかったが、出し忘れたごみを持って戻ると、春海くんはごみ捨て場の傍でしゃがみ込み、抱えた膝に顔を埋めていた。

「だいぶ乾いてきたけど、地面はまだ湿ってるでしょ。お尻が濡れちゃうよ」

見て見ぬふりをする人たちと違って声をかける佳奈さんを、春海くんは顔を上げて睨めた。その目は赤く充血し、いまにも泣き出しそうに見えた。

「余計なお世話だ。失せろ」

立ち上がった春海くんは右足で路面のタイルを踏み鳴らしたが、靴が濡れているせいで、べちゃり、というかなしそうな音がしただけだった。

「公共の場に座り込んでいるくせに、口が悪いなあ。しかも君、あそこのマンションから出てきたけど、自分の家じゃないよね。いつも住宅街の方に帰っていくもの」

「友だちに泊めてもらったんだよ。文句あるか。髪をそんな色に染めてる女にとやかく言われる筋合いはねえぞ」

「これは地毛。お母さんがスペイン人なの」

赤毛をつまむ佳奈さんに、春海くんは一瞬、毒気(どくけ)を抜かれた顔をした。が、「そいつは悪かったな」と吐き捨てるように呟くと、立ち上がって佳奈さんに背を向けた。

「悪い子じゃないみたいだね。勉強したくなったら、そこにあるツバサ塾にいつでもおいで」

佳奈さんが背後から呼びかけても、春海くんは振り返らなかった。


「変わろう」と春海くんが決意したのは、それから九ヵ月経った、今年の四月。出席日数ぎりぎりで、なんとか進級できたことがきっかけだった。面倒だったが「二年生の最初くらい」と思って登校すると、みんなまじめに、なにより楽しそうに高校生活を送っている。ほとんど学校に来ていない春海くんに、話しかけてくれるクラスメートすらいた。

自分はなにをやってるんだ——一念発起(いちねんほっき)した春海くんは、悪い仲間たちと手を切り、学校に通うようになった。でも一年間のブランクは思った以上に大きく、授業についていけない。そんなときに思い出したのが、佳奈さんだった。

言葉を交わしたのは一度だけだし、あのときと違って髪を黒く染め直している。自分のことがわかるとは思えない。それでも意を決してツバサ塾に行き、春海くんは言った。

「俺……じゃない、僕は……その、去年の七月八日に、そこの……」

しどろもどろになる春海くんに、佳奈さんは笑顔を向けた。

「黒髪の方が似合ってるよ、君」

こうして春海くんは、ツバサ塾に通い始めた。

両親との関係も、佳奈さんと塾長が間に入ったおかげで、元どおりとはいかないまでも、随分と修復できた。

＊

春海くんは、上目遣いに俺を見つめる。

「遠野先生が、僕のことを話したと思うんですけど」

「いろいろ教えてもらったよ。君が辛い思いをしたことも、先月の半ばくらいから、なにかに悩んでいるらしいこともね」

——うちの塾は講師も塾生も名前で呼び合うことにしているんだけど、春海くんは絶対に名字で呼んでくる。そこにバリアを感じてはいたけど、『遅れを取り戻したい』とほとんど毎日塾に来ていたの。なのに六月の半ばくらいから急に、遅刻したり、宿題を忘れたりするようになった。なにかあったとしか思えないけど、訊いてもごまかされる。あたしの目を見ずに話すことも増えて、バリアが厚くなった気もする。春海くんになにがあったかわからないけど、力を貸してくれないかな、壮馬。年が近い男の先生になら、心を開いてくれるかもしれない。ちょうど人手が足りなくて、新しい講師もさがしていたし。父も了解済みよ。

俺が塾を手伝うことにしたのは、佳奈さんにそう頼まれたからだ。

春海くんの個人的事情に関することなので、兄貴たちに詳しい説明はしなかった。

「遠野先生は心配しすぎです。去年さぼっていたから、ちょっと疲れているだけなのに。それとも僕に愛想を尽かして、坂本先生に押しつけたんでしょうか……」

華奢(きゃしゃ)な肩を落とす春海くんに、俺は首を横に振る。

「自分一人より、俺と力を合わせた方が君のためになると思っただけだよ。もちろん、本当に佳奈先生の心配しすぎならそれで構わない。でもなにか話したいことがあったら、いつでも声をかけてほしい」

「……僕は別に悩んでませんけど、気にかけていただいていることには感謝します」

言葉とは裏腹に、春海くんから感謝の気持ちは少しも伝わってこなかった。その理由が、俺の目どころか、顔すら見ずに話しているからだと気づく。これが佳奈さんが言っていた「バリア」か。

こんな態度を取られたんじゃ、なんとかしないわけにはいかないよな。

「僕の態度が誤解を招いたようですから、今日からまじめにやります。よろしくお願いします」

「こちらこそ、よろしく」

悩みを打ち明けてもらうためにも、一日も早く信頼関係を築かなくては。

決意を新たに、俺はテキストを開いた。


なんとか無難に授業を終えた俺は、春海くんを送るため一緒に教室を出た。

「あ、春海くんだ」

「一緒に帰る？」

同世代の男子二人組に話しかけられても、春海くんは「寄るところがあるから」と目を見ずに答えただけだった。二人組は春海くんを残し、残念そうに帰っていく。

塾の戸口には笹(ささ)が置かれている。ずっと緊張しっ放しでじっくり見る余裕がなかったが、天井に届きそうなほど大きい。なにより稈(かん)が太く、葉が青々と生い茂(お)っている。大量にぶら下げられた短冊(たんざく)は、なぜかほとんどが黒で、ほかに青、赤、黄、白の四色があった。

「もうすぐ七夕だからね」

別の教室から出てきた佳奈さんが言った。今日教えていた生徒はもう帰ったらしく、一人だ。

「うちの塾では毎年、みんなで短冊に願いごとを書いて、笹にぶら下げるの」

「私としては、そろそろやめたいところだがな」

塾長が、カウンター越しに言う。

「この商店街でこんな立派な笹を飾っているところは、ほかにないよ。せめてグレードを落としてもいいんじゃないか。うちの経営は、決して楽ではないんだ。つぶれたら子どもたちを放り出すことになる。それよりは、浮いた金を子どもたちのために――」

「そういうことを塾生の前で言わないの」

「あ……すまん」

塾長は、黒縁眼鏡（くろぶちめがね）の向こうにある目を申し訳なさそうに伏せた。

佳奈さんから聞いていたとおり、「子どもに勉強を教えることで頭が一杯」の人らしい。

俺は笹に顔を向ける。いまツバサ塾に在籍しているのは、講師が塾長と佳奈さんの親子と俺を入れて五人、生徒が約二十人。なのに短冊は、どう見ても五十枚以上ある。

「短冊が多すぎませんか」

「一人何枚でも書いていいからね。中には、絶対に書きたがらない子もいるけど」

佳奈さんの視線を受けた春海くんが、慌てて首を横に振る。

「興味がないんですよ。こういうのに頼ってしまうと、うまくいかなかったとき周りのせいにしてしまいそうだし……すみません」

「そんなに必死に謝らないで。七夕までまだ時間があるから、絶対に書いてもらうけどね」

なにも強制しなくても、と思っているうちに、ふと気づいた。

七夕は、いかにも「日本の伝統行事」なのに、源神社ではなにもしないのだろうか？

次の日。七月五日の午前中。

俺と雫は、社務所に併設（へいせつ）された授与所（じゅよしょ）で番をしていた。授与所とは、参拝者にお守りやお札を授ける——一般的な店で言うところの売る——場所のことだ。朝から観光客がたくさん押し寄せ慌ただしかったが、一区切りついたところで七夕について訊ねると、雫は言った。

「源神社の七夕祭りは、八月七日です」

「なんで一ヵ月も遅いんですか？」

「いまの暦（こよみ）で考えると遅いですが、正しくもあるんです」

意味がわからない俺を見上げ、雫は続ける。

「七夕の起源には諸説ありますが、由来は中国と言われています。中国には、七月七日に織女星にあやかり、芸事が上達するようお祈りする乞巧奠という風習があったんです。奈良時代、それが日本に伝わると、宮中行事として七夕が始まりました。そこに日本古来の棚機津女の伝承や羽衣伝説が交ざり、現在に伝わる織姫と彦星の話へと変わっていった。江戸時代には、庶民の間にも広まりました。この当時から、七夕は七月七日に行われていたようです」

「なら、やっぱり八月七日はおかしいじゃないですか」

「江戸時代の暦は旧暦です。そのころの七月七日は、現在の新暦にすると八月上旬から下旬に当たります」

それなら晴れの日が多く、織姫と彦星は毎年会えただろう。今年は空梅雨だが、例年、七月七日は梅雨明けしておらず、天気がぐずついている地域も多い。なぜこんな時期に七夕があるのか疑問に思っていたが、そういう事情だったのか。

「現在も、旧暦を重視して八月七日に七夕祭りを行うところは少なくありません。わたしの実家がある札幌もそうです。夏休みの子どもがローソクもらいで、よく神社に来ていました」

「ローソクもらい？」

雫は「横浜にはない風習ですね」と呟き、大きな瞳をわずかに細めた。

「七夕の夜になると、子どもたちが近所のお家やお店を回って、『ローソク出せ』と言う風習です。子どもたちの訪問を受けた人は、お菓子をあげなくてはなりません。ハロウィーンと少し似てますね。最近の、仮装して街中を歩くハロウィーンとは別物ですけれど」

「なんでお菓子なのに『ローソク』なんですか」

「もともとは、亡くなった人を弔うための蠟燭を子どもたちに集めさせていた、と伝えられています。でもいまの子どもにとっては、お菓子をもらえる楽しい夜。札幌や函館など北海道の一部の地域にしかない風習ですし、昔ほど大がかりには行われていないので、地元でも知らない人が増えてますけどね。わたしは小さいころ、この風習を知らない人の家を立て続けに訪れてしまって、蠟燭ばかりもらって泣きそうになったことがあります」

いまの雫からは考えられない姿だが、想像するとかわいい。

俺たちの後ろに垂らされた壁代がめくれ上がり、兄貴が顔を出した。壁代は、神聖な空間であることを表すための白地に模様の入った布だが、文字どおり、壁に代わって用いられることも多い。例えばここでは、参拝者の目から事務所を覆うために使われている。

「概ね雫ちゃんの言うとおりだけど、源神社の場合は『夏越大祓式から少し間を置きたい』という事情もあるんだ。できるだけ年間を通して、満遍なく神社に来てほしいからね。

八月七日は七夕祭りを盛大にやるよ。参拝者から預かった笹のお焚き上げもする」

「そんなものまで燃やすんですか」

「七夕が終わったら無造作に捨てる人が多いけど、きちんと天に還したいという人も割といて、毎年、七月七日をすぎたら大量に持ち込まれる。七夕祭りまでに少しずつお焚き上げしておくけど、当日は倉庫に残っている分を一気に火にくべる。大きな炎になって見応えがあるよ。巫女さんには『浦安の舞』を舞ってもらう」

「なんで横浜の神社なのに、浦安なんです？」

「宮司さまがおっしゃった『浦安』は、地名ではありません。『浦』とは心。つまり、『心安らかな舞』という意味です。代表的な神楽舞の一つで、源神社オリジナルではなく、各地の神社で奉納されています」

俺の疑問に、雫はすらすら答えた。神社用語は難しい。

「もちろん、雫さんが舞うんですよね」

夏越大祓式で、雫は「静の舞」という、この神社に伝わる舞を踊った。素人目に見ても難しい舞で、雫も修得するのに苦労していたが、その甲斐あって見事な舞を披露してみせた。

龍笛の音色に合わせて舞う凛々しく美しい姿は、きっとずっと忘れない。「浦安の舞」

も見事に舞ってくれるに違いない。

「こんにちは。ようこそお参りです」

雫は俺には答えず、近くまで来た外国人に声をかけた。外国人が「エクスキューズミー」と言うと、英語でなにか返し授与所から出ていく。振り返ると、兄貴が苦笑いしていた。

「なにかあったのか、雫さん？」

俺が訊ねても、兄貴は「さあね」と苦笑いしたまま、壁代の向こうに消えた。

雫の態度は気になったが、訊けないでいるうちに一日の奉務が終わった。

俺はスーツに着替え、源神社を飛び出す。春海くんの希望で、しばらくは毎日勉強を見ることになったのだ。こういうことに対応できるのがツバサ塾のウリだし、俺としても春海くんと親しくなれるチャンスだからありがたい。

源神社は、元町の汐汲坂を上った真ん中ほどのところにある。雪が積もればスキーでもできそうな急な坂だ。転ばないように足早に坂を下り、右に曲がった直後だった。

「坂本壮馬くん、だな」

目の前に現れた男性に、声をかけられた。中肉中背で、顔のつくりにもこれといった特徴はない。強(し)いて言えば、フレームが薄い眼鏡の向こう側にある双眸(そうぼう)が鋭いことくらいか。身につけているものは、襟つきの半袖シャツからスラックス、靴に至るまで黒一色。ブランド物にはあまり詳しくないが、眼鏡を含め、どれも見るからに高級そうだ。

名前を呼ばれたので少し考えたが、誰かわからない。でも、見覚えはある。源神社には大勢の人が出入りしているから、会ったことがあるのかもしれない。

どう応じていいか迷っていると、男性は右手の親指で、道沿いにあるコンビニ、ベイライトを指差した。

「そこのセコ——その、まあ、あまりリッチではない店で話をしよう。イートインが併設されているから、ちょうどいい」

「セコい店」と言おうとしたのか。全国チェーンではないが、神奈川県民にはなじみのコンビニなのに。

俺の考えを読み取ったのか、男性はどこか投げやりな口調で言った。

「俺に言わせればセコい店さ。買い物する気にはなれないが、コーヒーの味はそこそこらしいから我慢しよう」

「すみませんけど、これから仕事です」

「塾に行くなら、やめることだ」

突然の一言に、思わず身構える。

「失礼ですが、どなたですか？」

「道場春海くんの面倒は学校で見る。君は、源神社にいなくてはならない」

「質問に答えてください。あなたはどなたですか？　どうして俺や春海くんのことを知ってるんです？」

「一緒に来たら教えるよ」

「お断りします。春海くんが待っている」

男性は倦怠感漂う目で俺を見つめていたが、億劫そうに首を横に振った。

「面倒だな。今日は好きにするといい」

そう言うや否や、男性は俺の脇を通って汐汲坂を上っていった。

なんなんだ、一体？

ツバサ塾に着くと、さっきの男性のことを佳奈さんに話した。佳奈さんだけでなく、塾長にも、ほかの講師――三十代男性と二十代女性――にも心当たりはないという。でも、やってきた春海くんに話すと「上水流先生かもしれません」という答えが返ってきた。

「今年度から、うちの高校で音楽の非常勤講師をしている先生です。体格も同じだし、いつもブランド物の黒服を着てますし」

いつもブランド物か。どうりでベイライトを「リッチではない店」扱いするわけだ。あの男性は「上水流先生」で間違いなさそうだが、もちろん俺にはなんの関係もない。やはり、どこかで見た気はするのだが。

「どうして俺に、塾をやめるように言ったんだろう？」

「わかりません。坂本先生のことは、学校で今日、上水流先生に話しました。そのとき、ちょっと顔がひきつったようには見えましたけど……」

知人が理解不能な行動を取ったからか、春海くんは不安そうだ。佳奈さんが訊ねる。

「その先生は、どういう人なの？」

「プロの龍笛奏者で全国を回ってコンサートにも出ていたけれど、腰を据えて演奏に取り組みたくて、知人のツテで今年二月、横浜に引っ越してきたそうです。非常勤講師になったのは、音楽のすばらしさを若い人たちに伝えたいからだと聞きました。教え方はうまいし、熱心だし、評判はいいですよ」

口調が投げやりで、目に倦怠感が漂っていた上に、「面倒だな」なんて言っていた人が？　ちょっと信じられないが、プリントに目を落としていた塾長は「ほう」と感嘆の声を上げた。

「名演奏家にして、名指導者か。そういう先生は貴重だよ。秋葉のような反面教師もいるからね」

先月、シーズン途中で解任された、プロ野球チームの横浜ブルースターズの監督だ。もう何年も前、ブルースターズが三十八年ぶりに日本一になったときの四番バッターだった。

「優勝したときは秋葉が打ちまくったけど、監督としてはだめだったな。チーム全体が、あんなに打てなくなるとは」

「自分が天才すぎて、バッティングを教えられなかったんでしょ。選手やコーチからの評判も悪かったらしいし。期待を裏切ったんだから、監督をクビになったのは仕方がない」

塾長に相槌を打つ佳奈さんのアーモンド形の目が、険しくなった。自戒を込めて、似た傾向にある自分の姿と重ね合わせているのだろう。

「その……上水流先生だっけ？　どうして壮馬先生に話しかけてきたのか、今度会ったら訊いておいてね」

「は……はい」

春海くんが佳奈さんに答えるのと同時に、にぎやかな声が聞こえてドアが開いた。

「佳奈先生、こんばんは」

「その大きな人が、新しい先生？」

ほかの生徒たちが入ってきて、上水流先生の話は中途半端に終わった。

この後、春海くんはちゃんと授業を受けた。でもノートを取る手はとまりがちで、俺の質問を聞いていないことも多かった。上水流先生のことが気になるのかもしれない。

「先生が君になにかしてきても、俺が守るよ」

折りに触れてそう言ったが、春海くんはぎこちない笑みを浮かべるだけだった。

そして次の日――七月六日の朝。春海くんは佳奈さんに電話をかけて告げた。

ツバサ塾をやめます、と。

3

「春海くんは『部活が忙しくなったから』と言ってたけど、週三回の将棋部でそんなの信じられない。さっき、春海くんのお母さんからも電話が来た。『私たちが、またなにかしたんでしょうか』と気にしてたけど、心当たりはないみたい。一応、父が話を聞きに行ったけど」

佳奈さんが、唇（くちびる）を真一文字に結ぶ。

ツバサ塾の講師室である。時刻は午後一時半。佳奈さんから「申し訳ないけど、いますぐ来て、春海くんがやめようとしている理由を一緒に考えてくれないかな」と頼まれた俺は、兄貴に急遽休みをもらって駆けつけた。塾生はまだ来ていないが、一応スーツは着ている。

まさか突然やめるなんて。もっと気にかけるべきだった……！　佳奈さんに昨日の春海くんの話をしているうちに、俺の両拳には自然と力が入った。

佳奈さんは「壮馬のせいじゃないよ」と首を横に振ってから言う。

「七夕までに願いごとどころじゃなくなっちゃったね。絶対に短冊に書かせるつもりだったのに」

「こだわることですか、それは？」

思わず訊ねた俺に、佳奈さんはなんの迷いもなく頷く。

「春海くんは、『超難関高校合格』という大人たちの願いを押しつけられて、辛い思いをした。その分、今度は自分の願いを持ってもらわないと」

さらりと口にされた言葉の意味が、すぐにはわからなかった。

「ご両親から聞いたんだけど、春海くんは中学生のころは、もっと人なつっこかったんだって。でも高校受験の失敗で大人に『捨てられた』と感じてから、誰かと仲よくなることに臆病になった。きっと、そのせいでバリアを張っている。だから、自分の願いを持ってほしかったの。本当に叶えたい願いを実現させるには、周りの人の協力が必要でしょ。そうしたら、バリアも薄くなる」

そんなことまで考えていたのか——。息を呑む俺に気づくことなく、佳奈さんは続ける。

「昨日の夜ここに来た時点では、春海くんは普通に話をしていた。でも授業中に様子がおかしかったなら、授業が始まる前に上水流先生の話をしたことが原因としか考えられない

……あ、ブルースターズの話もしたか。

上水流先生は、なぜか壮馬に塾をやめるように迫ってきた。でも上水流先生の目的は壮馬をやめさせることだから、春海くんは無関係？　となると、ブルースターズの方？　秋葉が監督をクビになった話を聞いて、大人に掌を返された自分と重ね合わせたとしたら

……余計なこと言っちゃったかな、あたし」

「上水流先生にせよ、ブルースターズにせよ、それだけでやめるはずありませんよ。春海くんは六月半ばから様子がおかしかったんですよね。そこから考えてみましょう」

「さんざん考えたよ。でもそのころにあったことと言えば、笹を飾ったことくらい——」

言葉をとめた佳奈さんの瞳が、戸口の笹へと向けられる。大量の短冊をぶら下げた笹は、窓から射し込む陽光を目一杯浴びてエメラルドに輝き、昨夜以上に立派に見えた。

塾長が経費削減の対象にしたくなる気持ちも、少しわかる。

「誰かが短冊に、春海くんの嫌がることを書いたとしたらどうですか？」

「うちの塾に、そんな子がいるはずない」

むっとしながらも、佳奈さんは席を立った。俺も続き、二人で短冊を一枚一枚確認する。

五十枚以上ある短冊のうち七割くらいが黒で、「算数で一〇〇点取れますように」「第一志望に合格できますように」といった勉強に関する願いごとが、白いペンで書かれていた。

「父が健康で長生きして、あたしの給料を上げてくれますように」という赤い短冊は浮いていたが、書いた人の名前が「遠野佳奈」だったので納得する。ほかの短冊と違って、一行目の冒頭はきっちり一文字下げられていた。

佳奈さんが、本が大好きな文学少女だったことを思い出す。

「それらしい短冊はないいね」

席に戻った佳奈さんは、両肘を机につくと、絡めた指に顎を載せた。

「でも壮馬の言うとおり、六月半ばになにがあったか考えることから始めた方がよさそうだね。春海くんはあたしを頼ってくれたんだから、気づいてあげないと……」

佳奈さんは薄い唇を真一文字に結び、睨むように虚空を見据えたまま動かなくなった。瞬きすら、ほとんどしない。そんな佳奈さんを、じっと見つめているうちに。

「そういう一生懸命なところは、変わってないんですね」

そんな一言がこぼれ落ちた。虚を衝かれた佳奈さんだったが、すぐに苦笑いする。

「お節介で、放っておけないだけ」

確かに佳奈さんは、お節介なところがある。弓道部ではずば抜けてうまかったので、時間を割いてみんなの指導をしていた。でも「的をキッと狙って、グオーと弦を引っ張って、ズバババッ！　と撃つの。『ズバッ！』じゃなくて『ズババッ！』だからね」など本人にしかわからない擬音を連呼するので、教えられた方は戸惑うこともしばしばだった。

それでも慕われていたのは、いつも熱心で、俺を含めどんな出来の悪い部員のことも絶対に見捨てなかったからだ。

佳奈さん自身の生い立ちが影響しているのだと思う。

赤い髪のせいで、小さいころ「ガイジン」といじめられたらしいから。父親は塾のことで頭が一杯で、母親は男と駆け落ちという家庭環境のせいで、誰にも頼れなかったらしいから。

もともと俺は、友だちに誘われて入部しただけで、それほど熱心な部員ではなかった。でも佳奈さんに一生懸命指導されているうちに、そういうところを——。

「あたしのそういうところを好きになってくれたんだよね」

「はい……いや、違う……違わないけど……ええと……」

不意打ちにしどろもどろになっていると、佳奈さんはくすりと笑った。

「壮馬のそういうところ、あたしは好きだったよ」

「でも佳奈さんは大学でカレシをつくって、俺を振ったじゃないですか」

「それは嘘。カレシなんていなかった」

今日はいい天気ね、くらいの軽いノリだった……って。

「なんで、そんな嘘を？」

「壮馬が、志望校のランクを下げて、あたしと同じ大学に進もうか迷っていたから。そんなことしたらだめだ、といくら言っても、あたしと一緒にいたいからって」

確かに迷っていた。当時の俺にとって「大学」は完全な異世界で、佳奈さんが遠くに行ってしまったようだった。平日の夕方、俺がまだ制服を着ている時間帯に、赤いTシャツに黒いミニスカートで現れた佳奈さんに焦りもした。とにかく一緒にいたくて、志望校のランクなんて二の次だったのだ。だからといって。

「独りよがりすぎませんか」

詰問口調にならないよう気をつけながら言う俺に、佳奈さんは「そうだね」と頷いた。

「あたしは教えるのが下手だから、『進路は恋愛感情で決めるべきじゃない』と言ってもうまく伝わらない。嘘をつくしかない――そう信じていたけど、いま思えば勝手だね。冷静に振り返ったら、壮馬と距離を置きたい気持ちもどこかにあったのかもしれない。あたしと一緒にいたがる壮馬が子どもっぽく見えたし、志望校の偏差値を下げることが上から目線に感じられたたし」

佳奈さんは、苦しそうに眉間にしわを寄せる。

いまさらこんなことを打ち明けるなんて。春海くんのことで、よっぽど参っているのだろう。独りよがりだという思いは変わらないが、恋愛感情は単純に割り切れるものではないのかもしれない。俺の雫に対する気持ちだって、そうなのだし。

だから、笑ってみせた。

「佳奈さんが嘘をついてるなんて、全然気づきませんでした」

「『嘘をつくとき髪をいじるからすぐわかる』と壮馬に何度もからかわれたからね。気をつけたの」

佳奈さんはほっとした顔をしながら微笑んだ……と思ったら、真剣な顔つきになる。

相変わらず、表情がころころ変わる人だ。

「壮馬はいい先生になると思ったのに大学を中退して、教えるのが苦手なあたしが先生をやっている。運命って不思議だね。それでも壮馬は、いつか先生になる気がする。『子どもたちの笑顔が見たい』という夢を、簡単に捨てられるとは思えない」

「この前も言ったでしょう。いまの俺は『〝みんな〟の笑顔が見たい』という夢に向かっているんですよ」

笑いながら応じたそのとき、胸が締めつけられた。


それから春海くんの話に戻ったが、手がかりはつかめなかった。

午後四時。佳奈さんが「授業の準備をする」と言うので、俺はツバサ塾を出た。春海くんが来ないなら、やることはない。

春海くんになにがあったのか。せめて上水流先生が俺の前に現れた意図がわかれば……。本当にただの音楽講師なのか？　やっぱり、どこかで見た気がするのだが。なんとか連絡を取りたいが、すなおに目的を話してくれるかどうか……。

夕方になっても、陽射しは一向に衰えない。そのせいで余計に悶々（もんもん）としているうちに、源神社に着いた。手伝うことがあるかもしれないので社務所に入ると、応接間からにぎやかな声が聞こえてきた。ちょうど雫が、台所から出てくる。

「お帰りなさい、壮馬さん」

「ただいま。誰か来てるんですか」

「再来週の氏子総会の打ち合わせで、勘太さんたちがいらしてます」

氏子というのは、各神社に祀られた「氏神」に守られた人々を指す。日本には「八百万の神」と言われるほどたくさんの神さまがいて、神社が全国各地にあるので、理屈の上では日本に住んでいれば誰でもどこかの氏神の氏子ということになる。もっとも、ほとんどの人がそんなことを意識していないだろう。

ただ、中には氏神を祀る神社のため寄附を集めたり、お祭りに協力してくれたりする熱心な氏子もいる。そうした人々が集まり、祭りや、今後の方針などを打ち合わせする会が氏子総会だ。

佐藤勘太さんは、明治時代から元町にある洋装店の店主で、氏子たちの代表である「氏子総代」である。愛妻家で人望も篤い。数少ない欠点は、酒が好きすぎるところか。

いまもだいぶ酔っているらしく、品はよいが大きな笑い声が襖越しに聞こえてくる。

「随分とご機嫌ですね」

「先ほど、ビール瓶を何本もお持ちしましたから」

「雫さんが学校に通い始めたら、校則次第ではこういう仕事はできなくなりますね」

そういえばこの子は、どこの高校に編入するのだろう。まだなんの準備もしていないようだが。来年は高三だから、あまりのんびりもしていられないだろうに。

「それより、今日はもう塾はいいのですか」

「はい。急に抜けて、お騒がせしました」

「でしたら、もうはずすのはわかりますけれど、参考までに」

雫は背伸びして腕を伸ばし、白く小さな手で、俺のネクタイに触れた。

「壮馬さんはネクタイを結ぶとき、少し左にずれる傾向にあるようですね。昨日から気になっていたんです」

そう言いながら、ネクタイを一旦(いったん)ほどき、結い直し始める。

好きな子が、巫女さん姿でネクタイを結んでくれている——瞬く間に全身が熱く、硬くなる。対して雫は冷静に、流れるような手つきでネクタイを結び終えた。

「ここできゅっと力を込めて、形を整えるといいですよ」

「……手慣れてますね」

「父に習ったんです。神職でも、なにかとスーツを着る機会はありますから」

兄貴も、氏子さんへの挨拶(あいさつ)や、神職の会合に行くときはスーツだ。源神社(うち)は違うけれど、通勤、退勤時にスーツ着用を義務づけている神社もあるらしい。

「壮馬さんが神社の仕事の合間を縫(ぬ)ってまで引き受けたのですから、遠野さんにはよほどの事情があるのでしょう。身だしなみにも気をつけて、がんばってください——あ」

言い終えた途端、雫は左手で口を覆う。

「どうしたんですか」

「『がんばってください』と言ってしまいました。既にがんばっている人に『がんばれ』と言うのはプレッシャーになるだけと聞いたから、なにも言わないつもりだったのに。ネクタイも、見兼ねて口出ししてしまいましたが、本当は黙っているつもりだったんです」

雫が大まじめな顔をして口にした言葉の意味は、俺の中に少しずつ浸透(しんとう)していった。それにつれて、胸の中がじんわりとあたたかくなる。

俺の去就については「ご自由にどうぞ」と素っ気ないけれど、雫なりに気にかけてくれていたのか——。

「なぜ笑っているのですか。壮馬さんは、言われるまでもなくがんばっているでしょう。口調が冷たく、目力が強いわたしに『がんばれ』と言われたところで、プレッシャーにしかならないはずです」

なんて的確な自己分析だ。ますます笑いそうになる。ごまかすために「お気遣いありがとうございます」と頭を下げてから、俺は言った。

「でも時と場合によっては、『がんばれ』と言われるとうれしいですよ。少なくとも俺はいま、雫さんに言われてうれしい」

「そういうものですか。勉強になりました」

雫は、生まじめに一礼してから続ける。

「では、これも余計なお世話だと思って黙っていましたが、わたしにできることがあったら言ってください。微力ながら、お力になります」

「なら、お言葉に甘えて少しいいですか」

迷ったが、台所に移動して春海くんのことを話した。なぜ春海くんが塾を「やめる」と言い出したのか謎なのだ。「名探偵」である雫の知恵を借りた方がいい。

もっとも、雫は春海くんに会ったことすらない。簡単に謎が解けるとは思えない。

しかし俺の話を聞き終えるなり、雫は言った。

「だいたい、わかりました」

「確証が持てるまで詳しくお話しできませんが、ツバサ塾の笹を見たいです」

訳がわからなかったが、雫がそう言うので、夕拝を終えると一緒にツバサ塾に向かった。

俺は先ほどと同じスーツ。雫は、髪形こそ奉務中と同じく黒髪を一本に束ねたままだが、すみれ色の長袖シャツに、白いロングスカートを纏っている。

私服を着たこの子と、こんな時間に出かけるのは初めてだ。随分とかわいい服装だな。

出かけるときの私服は、いつもこんな感じだ……。自分の頬が火照っているのは、日没をすぎても気温が下がらないことだけが原因とは思えない。

「長袖だと、暑くないですか」

動揺を隠して問うと、雫は右腕の肘から先を軽く撫でた。

「虫刺されが目立ちますから」

巫女は、掃除や除草、参拝者の案内など屋外での作業が多く、袖や袴の中に虫が入り込みやすい。そうなったら刺され放題だ。虫よけスプレーを使っても限度がある。

今年は気温が高いせいか、境内には既に虫が大量に発生している。俺は肌が強いので多少の虫刺されは平気だが、色白の雫はすぐにかぶれて、真っ赤になってしまう。

「大変ですね」という俺の相槌を最後に会話らしい会話もなく、白楽に着いた。ツバサ塾の傍までできたところで、雫が路地を覗き込む。

「この先で、遠野さんは春海くんと初めて話をしたのですよね」

そう言いながら路地に足を踏み入れた途端、雫が軽くつまずいた。アスファルトが大きく割れて凹み、洗面器のようになっていたからだ。なにが興味深いのか、雫は凹みをしげしげと見つめたまま動かない。

「そんなに珍しくないでしょう、古い商店街なんですから」

「この辺りでこんなに凹んでいるのは、ここだけですよね」

どこかピントのずれた答えを返す雫を促し、ツバサ塾に入る。佳奈さんには、雫に事情を話したことも、連れていくこともＬＩＮＥで伝えてある。それでも、巫女装束のときとはまた違った雫の美少女ぶりに、佳奈さんは戸惑いの面持ちだった。ほかの講師たちも息を呑む。

唯一、塾長だけは自分の席で腕組みしたまま、「こんばんは」と短く言っただけだった。春海くんの両親との話し合いが芳しくなかったことは、これだけでわかる。

「初めまして。壮馬さんと同じ神社で巫女として奉務しております、久遠雫です。始業前に押しかけて申し訳ありません」

雫が例によって、同僚には決して見せない、完全無欠の愛くるしい微笑みを浮かべる。男性講師だけでなく、女性陣まで――もちろん俺も――どきりとさせた雫は、「気になることがあるので確認させてください」と一言告げ、笹にぶら下がった短冊を一枚一枚見定め始めた。

その間に子どもたちが次々とやってきたが、どの子も雫を見て、佳奈さんたちと似たような反応をしていた。

「黒い短冊が多いのは、五常に合わせて遠野さんが指定したからですか」

傍らに来た佳奈さんに、雫は耳慣れない単語を出して問う。

「ううん、好きに書かせた。子どもたちは関心ないだろうし」

「なんですか、五常って？」

口を挟んだ俺に、雫が答える。

「仁、義、礼、智、信という五つの徳を指します。仁は思いやり、義は無私、礼は感謝、智は学業に励む心、信は誠実です」

「それが短冊の色と、なんの関係があるんです？」

「短冊の五色は、五常に対応しているとされています。青は仁、白は義、赤は礼、黒は智、黄は信。徳に応じた色の短冊に願いごとを書けば、叶いやすくなるというわけです」

佳奈さんが父親に関する願いを赤い短冊に書いたのは、感謝の気持ちを込めたからだったのか。

まじまじと短冊を見つめてしまう俺に、佳奈さんは大袈裟なため息をついた。

「やっぱり神社はやめて、先生を目指した方がいいんじゃない？　ひとまず、うちの塾に転職したら？　昔のことは関係ないから、特別扱いはしないけどね」

「昔というほど前でもない……って、いまはそんな話をしている場合じゃないでしょう」

「そうだったね」

真剣な面持ちに戻る佳奈さんと俺を交互に見遣り、雫はにっこり笑った。

「お二人は、仲がよろしいですね」

頭の回転が速い雫のことだ。俺と佳奈さんがつき合っていたことは、とっくに察しているはず。この一言は、どういうつもりで口にしたのだろう。佳奈さんにやきもちを妬いていたわけではないとしても、少しくらい……。

俺のもやもやには気づく様子もなく、雫はよそ行きの笑顔のまま続ける。

「子どもたちは好きな短冊に願いごとを書いたはずなのに、黒が多いですよね。しかも五常にならい、勉強に関する願いごとが書かれています。これだけの数となると、偶然とは思えません」

「でも、あたしはなにも言ってない」

「……春海くんです」

遠慮がちに声をかけてきたのは、お下げ髪がよく似合う、小学校中学年くらいの女の子だった。雫が振り返った途端、縁なし眼鏡の向こうにある目が大きくなる。雫の容姿に、ほかの子どもたち以上にどきりとしたようだ。

「み……みんなでどの色の短冊にしようか迷ってたら、春海くんが五色の短冊と五常のことを教えてくれたんです」

「春海くんが話しかけてきたの？」

驚く佳奈さんに、女の子は緊張した様子で頷いた。

「初めて話したけど、優しい感じだったよ。先生たちには内緒にするように言われてて……って、そうだ。内緒だったんだ。私がしゃべったことは言わないでくださいね」

女の子は最後まで緊張したまま、教室に入っていった。塾長とほかの講師たちも授業があるので、各々教室に向かう。

「春海くんは、五色と五常の関係を知ってたんだ。それを、いつもは全然話をしない子に教えるなんて、七夕に興味がないとは思えない。しかも、それをあたしたちに内緒にするように言うなんて……。気になるけど、あたしも授業があるからもう行かないと」

眉根を寄せたまま教室に向かおうとする佳奈さんを、雫は「待ってください」と呼びとめた。

「この塾に入る前、春海くんがごみ捨て場の傍にうずくまっていたのは、一度だけでしょうか」

「だと思う。あんな金髪頭がうずくまってたら、すぐにわかるよ」

「もう一つ。この笹は――」

雫が口にした言葉は、俺と佳奈さんの意表を衝くものだった。

4

七月七日。七夕当日の夕方。

源神社の応接間で、俺と雫、佳奈さん、そして春海くんの四人が座卓を囲んでいた。白衣白袴の俺に、春海くんは困惑の面持ちだ。

「坂本先生、その格好は……」

「言ってなかったけど、昼間は神社で働いてるんだ」

「バイトですか」

「まあね」

厳密に言えば「住む家がなくなって神社に転がり込んだ雑用係」だが、説明が面倒だ。

「坂本先生が神社で働いていることはわかりましたけど、なんで僕が呼び出されたんです？」

佳奈さんが「どうしても話したいことがあるから、元町の源神社に来てほしい」と春海くんを説得して、なんとか来てもらったのだ。

雫が、座卓を挟んだ春海くんに一礼する。

「巫女の久遠雫と申します。春海くんがツバサ塾をやめようとしている理由についてお話をしたくて、遠野さんに呼んでいただきました」

「理由もなにも、部活が――」

「春海くんがやめようとしているのは『遠野先生にまで、期待に応えられなかったら捨てられるかもしれない』と、こわくなったからですよね」

結論から切り込んだ雫に、春海くんは、右隣の佳奈さんに反射的に顔を向け、すぐに逸らした。

「そんなことないです。僕は遠野先生を頼って、あの塾に入ったんですよ」

「そのときの気持ちは、いまも変わっていないでしょう。でも一年前の七月八日に、不安の種が蒔かれていたんです。その日の朝、春海くんはごみ捨て場の傍に、目を真っ赤にしてうずくまっていたそうですね。なぜ、そんなことをしたのですか？」

「眠かっただけで、深い意味はありません」

「なら、どうして七月八日だと覚えていたのですか？　深い意味がないのに、日付まで正確に記憶しているでしょうか？」

初めてツバサ塾を訪れた日、春海くんは「七月八日」と日付を告げている。

答えられない春海くんに、雫は続ける。

「しかも春海くんは、一度通りすぎた後ごみ捨て場まで戻ったんですよね。証拠は、靴です。遠野さんと話をしたとき、春海くんの靴は濡れていたと聞きました。ごみ捨て場のある路地と大通りが直交しているところに、アスファルトが割れた凹みがある。調べたところ、去年の七月八日は明け方に大雨が降っています。あの朝は水たまりになっていたはず。春海くんはそこに足を踏み入れたから、靴が濡れたんですよね。あの辺りでアスファルトが凹んだところは、ほかにありませんでした。乾きかけの路面を踏んだだけでは、靴は濡れない。つまり春海くんは、一度凹みまで行った後、ごみ捨て場まで戻ったことになります。よほど気になる『なにか』があったとしか考えられません」

春海くんは、口を閉ざしたままだ。

「ごみ捨て場にうずくまっていたのがその日だけで、日付を覚えていたことと合わせて考えると、『なにか』は七月八日に捨てられることが多いもの。即ち、七夕の笹。願いごとが書かれた短冊を飾られ、大切にされていた笹が、七月七日の七夕が終わった途端、無造作に捨てられている。そのことが、『超難関高校合格』という大人の願いを押しつけられ、受験が終わったら掌を返された自分と重なったのではありませんか」

――もう一つ。この笹は、七夕が終わったらごみとして捨てているのではありませんか。

昨日、雫が口にした言葉はそれだった。

佳奈さんは雫の質問を肯定し、俺たちは真相にたどり着いたのだ。

「先月の中旬、ツバサ塾に飾られた立派な笹を見た春海くんは、一年前、遠野さんが笹を捨てたことに気づきました。あの辺りで大きな笹を飾っているのは、ツバサ塾くらいだそうですからね。それがきっかけで大人たちに掌を返されたトラウマが蘇り、不安に駆られたんです。

『短冊に書いた願いを叶えたなら、遠野先生は、笹をもっと大切に処分するはず。そうしなかったのは、笹が願いを叶えられなかったから。自分も成績が上がらなかったら、同じように無造作に捨てられるかもしれない』という不安に。だから、短冊に願いごとも書けなかった」

これが、春海くんのバリアが厚くなった理由。

佳奈さんが一旦、強く目を閉じる。雫に「遠慮なく話していいから」とは言っていたが、胸が痛むのだろう。

「春海くんだって、頭では遠野さんのことを信じたかったはず。この半月、ずっと葛藤していたと思います。でも遠野さんが、ブルースターズの監督がクビになったことを『仕方がない』と言っているのを聞き、とうとう不安に呑まれてしまった。そんな中、今年も捨てられる笹を見るのは耐えられない。だから、塾をやめることにしたんです」

「違います。僕は、遠野先生を――」

「原因がわかった方が、あたしの気が楽になる」

ようやく口を開いた春海くんを、佳奈さんは遮(さえぎ)る。その声音は、波紋一つない水面(みなも)のようだった。春海くんは、口を小さく開いたまま動けないでいたが。

「――僕が、ガキなのが悪いんです」

絞り出すように、語り始めた。

「久遠さんの言うとおり、あの日、一度はごみ捨て場を通りすぎました。でも笹があったことに気づいて、路地を出たところで足がとまった。大きくて立派だったし、真っ白い紙に包まれて、目立っていたから。

それでふらふらとごみ捨て場に戻って見下ろした瞬間、自分みたいだと思ったんです。

子どものころ、神社で笹のお焚き上げを見たことがあります。これだけ立派な笹ならたくさん短冊が……願いごとが吊るされていただろうから、あんな風に丁寧に処分すればいいのに、乱暴に捨てられている。願いを叶えていたら、もっと大切に扱われていたはず。叶うまで時間がかかる願いだってあるだろうに、現在(いま)だけで判断されている。僕も大人たちから『超難関高校合格』という願いごとを吊るされたけど叶えられなくて、期待に応えられなかったら捨てられた。高校(いま)生の自分を否定された――そう思っているうちに、しゃがみ込んでしまって……」

春海くんに、大人たちの願いを叶える義務なんてないのに……！　俺が奥歯を嚙みしめていると、雫の瞳が、なぜか一瞬、氷塊のように冷たくなった気がした。

「笹を捨てたのが遠野先生だとわかってからは、自分も同じ目に遭うかもしれない、とこわくなりました。興味がないふりをして、短冊に願いごとも書かなかった。ほかの子が迷っているから、古典を勉強しているときに知った五常との関係は教えたけど……」

「――ごめんなさい」

佳奈さんが、座卓に額がつきそうなほど深く頭を下げる。

「七夕が終わったら邪魔になるから、笹はすぐに捨てていたの。短冊は大事にしまっていたけど、笹も慎重に扱うべきだった」

「だから、遠野先生のせいじゃありませんよ。あんなもの、捨てるしか――」

「だとしても、春海くんが苦しんでいる理由に気づかなかったのは、あたしの責任」

佳奈さんの真摯な眼差しを受けた春海くんは、唇を嚙みしめ俯いた。佳奈さんの気持ちが通じた、と思いかけたが、春海くんは首を横に振って呟いた。

「すみません」と。

「遠野先生にそこまで言ってもらっても、不安がどうしても消えないんです。あんな思いは二度としたくない。だからツバサ塾には、もう……」

春海くんが辛うじて紡ぎ出す声は、震えを帯びていた。佳奈さんはなにも言えず、春海くんと同じように俯いてしまう。

その横顔が、薄い唇を真一文字に結び、睨むように虚空を見据える昨日の顔と重なった。

「心配ないよ」

衝動的に、俺は口を開いた。

「佳奈さんは、春海くんに『やめる』と言われてから、これまで以上に必死に、なんとかしようとしていた。君のことを相談したくて、俺に神社の仕事を休ませたほどなんだよ。きっとこの先も、なにがあっても君の味方でいてくれる。絶対に見捨てたりしない」

「ですよね」という思いを込めて、俺は佳奈さんに目を向けた。俺がどれだけきれいごとを並べたところで、春海くんの心は動かせない。

それができるのは、佳奈さんだけだ。

俺の視線を受けた佳奈さんは、決然と顔を上げた。うっすら青みがかった瞳には、強い光が灯っている。その目で春海くんを真っ直ぐに見据え——。

「やめたいなら、やめなさい」

「か……佳奈さん？」

泡を食う俺を無視して、佳奈さんは「ただし」と続ける。

「やめる前に、短冊に願いごとを書きなさい。七夕は今夜だから、まだ間に合う。その願いを叶えるまで――ううん、叶えた後だって、あたしは君の味方だから」

俯いたままの春海くんの肩が、ぴくりと上がった。

「久遠さんに言われるまで、あたしは春海くんの苦しみがわからなかったし、教えるのも下手よ。でもなにがあっても、絶対に君の力になる。約束する。神さまに誓う。天にも誓う。宣誓（せんせい）する。誓約書も書く。血判も捺（お）す。指切りげんまんも――」

羅列されていく言葉を聞きながら、俺は呆気に取られる。つき合っているときは気づかなかったが、俺と別れた理由を教えられた時点で悟（さと）るべきだった。

この人は教えるだけじゃなくて、自分の気持ちを伝えることも下手なんだ！

それでも。

「あとは……ええと、宣誓……は、さっき言ったから、そうだ、弁護士に頼んで――」

「――もういいですよ」

春海くんが呟く。華奢な肩は、小刻みに震えていた。

「そこまで言われたら、やめられるわけないじゃないですか」

ゆっくり持ち上がった、春海くんの顔。

その目許には、いまにもこぼれ落ちそうな水滴が膨れ上がっていた。

ツバサ塾の笹は、源神社でお焚き上げすることになった。事情を聞いた兄貴が、初穂料――代金のことだ――なしで快諾したのだ。心が広いと感激した……社務所で琴子さんに「七夕祭りの宣伝になるね」と、にこにこ顔で話しているところに出くわすまでは。

＊

そんなこともありつつ、無事に七夕を終えた翌日、七月八日。

兄貴が、ツバサ塾をはじめ参拝者から託された笹のほか、古いお札やお守りを神前に捧げて祈禱する。それから境内の真ん中で、お焚き上げの炎にくべた。

ツバサ塾の行事として笹のお焚き上げに立ち合うべく、俺はスーツを着ている。炎を見ながら、ここ最近のできごとを思い出していたが。

「壮馬先生」

背後からの声で、俺の意識は七月八日へと引き戻された。振り返る。最初のころはネクタイを巻いた首が苦しかったが、だいぶ慣れた。

白衣白袴になじみつつあったのでスーツを着ることに違和感があったが、少しは様になってきたとも思う。

俺の方に歩いてきたのは、細身の少年と、赤毛の女性——春海くんと佳奈さんだった。

「壮馬先生、久遠さん、ありがとうございます。お二人のおかげで昨日、短冊に願いごとを書けました」

「青い短冊に『佳奈先生の教え方がうまくなりますように』なんて書いたんだよ、この子。自分の願いを書きなさい、とあれほど言ったのに」

「青は『仁』、つまり、僕の佳奈先生への『思いやり』です。先生の教え方がうまくなった方が、みんなのためですからね」

「君、性格変わってない？」

「僕は去年までグレてたんですよ。それに自分の願いは、これから時間をかけて見つけます」

澄まし顔の春海くんの口許が、軽く緩む。この子の自然な笑顔を見るのは初めてだ。

俺や佳奈さんのことも、下の名前で呼んでくれている。

お焚き上げには、春海くん以外にも塾生が何人か来ていた。中には、俺が初めて授業をした日、春海くんに声をかけた同世代の男子二人もいる。お焚き上げが終わると、二人は俺と佳奈さんに「先に帰ります」「火、すごかったです」と声をかけ、鳥居に続く階段へと歩いていった。

それを見ていた春海くんは、二、三歩行きつ戻りつした末に、「今日はありがとうございました」と俺たちに頭を下げ、二人に向かって駆け出した。背後からなにか声をかける。男子二人は驚いた様子で振り返ったが、言葉を返しながら、春海くんと一緒に階段を下りていった。

「薄くなったね、バリア」

佳奈さんはアーモンド形の目を細めると、大きく息をついた。

「壮馬のおかげだね。お願いして、本当によかった」

「俺はなにもしてない。謎を解いたのは雫さんです」

「壮馬があたしのことを『ずっと味方』と言ったから、春海くんが信じてくれたんじゃない」

「遠野さんの言うとおりです。わたしは謎を解いただけ。他人の気持ちを理解することに関しては、やっぱり壮馬さんの方が得意ですね」

雫は、よそ行きのにっこり笑顔で頷いた後、佳奈さんに言う。

「ただ笹を捨てるだけなら、剝き出しのままか、せいぜい古新聞に包むくらいです。なのに白い紙を使ったのは、笹の正しい処分方法をご存じだったからですよね」

え？

「お焚き上げしてもらうのが正しい方法じゃないんですか？」

「厳密にはそうですが、難しい場合は、笹を白い紙に包んで廃棄すればよいとされています」

壁代の下地にも使われている「白」は、神社では神聖を象徴する色だ。そのことが関係しているのだろう。

「佳奈さんは、いまの話を知ってたんですか？」

「まあね。経費削減でお焚き上げを頼むお金が出ないから、せめてと思って、白い紙に包んでいたの」

春海くんが、笹が真っ白い紙に包まれていたと話したとき、雫の瞳が一瞬、冷たくなった気がしたことを思い出した。

「どうしてそれを、春海くんに言わなかったんです？」

「あの場では言い訳にしか聞こえなかっただろうし、なにより、春海くんの苦しみに気づけなかったことを謝りたかったから。あたしなりにちゃんと捨てていたことは、頃合いを見て話すつもり。久遠さんは、あたしがそう考えていることを察してくれたの？」

「はい。だから黙っていました。佳奈さんのお気持ちには感激しました。春海くんは、いい先生に巡り合えたと思います」

絶賛の言葉とは裏腹に、雫の表情も口調も冷え冷えとしていた。

愛嬌を振り撒くのを、忘れている。

雫の変貌に、佳奈さんは「あ……ありがとう……？」と、なにもそこまで、と思うくらいまごつき出す。それで我に返ったのか、雫は唐突に愛嬌あふれる笑顔になった。佳奈さんが、ますますまごついた顔になる。

ちょっとずれているけれど、雫だってちゃんと他人の気持ちがわかるじゃないか。口許がほころぶのと同時に、改めて思う。

やっぱり、好きだ。

佳奈さんは動揺を振り払うように、わざとらしく頭を振った。

「あたしですら知ってる笹の捨て方を知らなかった壮馬は、やっぱり神社の仕事に向いてないと思う。教育の道に戻りなよ。うちの塾で講師をしながら、教育学部復帰を目指したら？」

「春海くんの問題が解決したんだから、俺はもうお役ごめんのはずです」

「人手が足りないと言ってたでしょう。それに壮馬は、先生に向いてるよ。春海くんも、すっかり気を許していたじゃない」

佳奈さんが、俺を覗き込むように見上げてくる。言葉を返す前に、胸ポケットの中でスマホが揺れた。いいタイミングで電話がかかってきたようだ。

「もしもし――ちょうどいま、隣に佳奈さんがいるんだ。スピーカーホンにするぞ」

自分を指差して小首を傾げる佳奈さんに、スマホを向ける。

〈佳奈先輩、お久しぶりです。俺、蒲田央輔。覚えてますか？〉

「央輔くん？」

佳奈さんの目が大きくなった。央輔は、俺の中学からの友人で、いまもなにかとつき合いがある男だ。

ちなみに高校時代、佳奈さんのことが好きだった。

〈壮馬に頼まれました。もちろん、採用試験は受けます。自信はありますよ。俺、大学は理工学部で数学は得意――〉

憧れの佳奈さん相手だからだろう。央輔は、らしくなく早口だ。そのせいで、俺が自分の代わりに央輔を推薦したと佳奈さんに理解してもらうのに時間がかかった。

春海くんの件が解決したら、央輔に講師を任せる。このことは、最初から決めていた。央輔には、佳奈さんと再会した日の夜、電話で頼んでおいた。

央輔との電話が終わってから、俺は言う。

「子どもたちに勉強を教えるのは、片手間にできることじゃない。神社を手伝っている俺が続けるのは無理です」

「神社の方をやめればいいじゃない。さっきの春海くんを見て、『子どもたちの笑顔が見たい』という気持ちが戻ってこなかったの？」

「いい笑顔だったとは思います。でも、いまの俺は〝みんな〟の笑顔が見たいんです。この神社にはいろいろな人が来るから、それが叶う。だから」

とっくに決めていたが、口にするのは初めてだ。

「俺は、神社をやめません」

佳奈さんは、アーモンド形の目をぱちぱちさせ黙っていたが、

「――わかった」

頷くと、軽く腕組みした。

「それがいまの壮馬の答えなら、あたしがとやかく言うことじゃない。でも、〝子ども〟という具体的な対象と、〝みんな〟という抽象的な対象と、どちらが心に響くか。壮馬は前者だと思うけどね。それを自覚した方が、絶対幸せになれる」

「相変わらずお節介ですけど、的はずれです」

そう返す俺の胸は、三日前、佳奈さんと話していたときと同じように――いや、それ以

上に、痛いほど締めつけられていた。

佳奈さんは、俺の目をじっと見つめている。胸の内に気づかれたかと思ったが、「その気になったら、いつでもツバサ塾においで」とだけ言い残し帰っていった。

二人きりになってから、俺はようやく雫の顔を見る。

「そういうわけなので、これからもよろしくお願いします」

「壮馬さんの人生ですから、ご自由にどうぞ。以前も、そう申し上げたはずです」

雫はいつも以上に素っ気なく言っただけで、社務所の方に歩いていった。本当に興味がないのか？　もしや、照れ隠し……と期待してしまうのは、さっき「好きだ」と再認識したからか。

遠ざかっていく白衣と緋袴を見ていると、佳奈さんと再会した日の夜、央輔と交わした会話が蘇ってきた。

*

春海くんの件が解決したら、俺の代わりに佳奈さんの塾を手伝ってほしい。

その話が片づくと、話題は自然に雫へと移っていった。央輔には、俺の気持ちはとっくに見抜かれている。

詳しい事情は教えられないが、俺は雫を救うために嘘をついた。この嘘は、信心ゼロを貫いているかぎりばれない。でも信心ゼロだと、雫と結ばれることは決してない――という膠着（こうちゃく）状態に陥（おちい）ったことを伝えると、央輔は不思議そうに言った。

〈何ヵ月か我慢して、雫ちゃんと一緒に働いているうちに信心が芽生（めば）えたことにすればいいんじゃない？〉

「頑（かたく）なに『信心ゼロ』を主張してきたんだ。信じてもらえるはずがない」

〈だから『雫ちゃんと一緒に働いているうちに』なんだよ。神社で一生懸命奉務する雫ちゃんを見ているうちに、段々好きになっていった。そうしたら自然と信心も芽生えてきた――ほら、これで解決だ〉

要は、雫を好きになった時期に関して、新たな嘘をつくということか。確かにそれで解決だ。

でも、なぜだか気乗りしない――。

＊

首を横に振って、俺は雫を追いかける。新たな嘘をつくにしても、時間が必要だ。すぐに結論を出す必要はない。

「坂本壮馬くん」

名前を呼ばれて振り返る。立っていたのは、フレームの薄い眼鏡をかけた、中肉中背の男性だった。高級そうな襟つきシャツもスラックスも黒一色。

春海くんの学校の非常勤講師、上水流先生だ。

この人のことをすっかり忘れていた。俺から話を聞いても、雫は関心なさそうだったし。

上水流先生は倦怠感漂う目で、俺のスーツを見遣る。

「そんな格好をしているなんて。君は源神社にいなくてはならない、と——」

「その件はもう終わりました。俺はここに残ります」

上水流先生は意外そうに口を小さく開いた後、軽く息をついた。

「そういうことは、早く言ってくれ」

いつ言う暇があったんだ。だいたい、なんだって俺の勤務先に口出しする？　俺が訊ねるよりも先に、雫がこちらを振り返る。

「またいらしたんですか、上水流さん」

「知り合いなんですか」

驚く俺に頷き、雫が傍に戻ってくる。

「上水流誠司さん。夏越大祓式のとき、わたしの巫女舞で龍笛を演奏してくれた横崎雅楽会の伶人さんですよ。お願いしていた方が急に来られなくなったので、代理で来ていただきました。壮馬さんも、ご覧になっているはず」

雅楽とは、奈良時代には既に存在していたという、神社仏閣の神事・仏事などで演奏される音楽や、それに合わせて披露される舞を指す。雅楽を演奏する人が「伶人」だ。

大きな神社には専属の雅楽会があるが、源神社のような規模では、必要に応じて地域の雅楽会に演奏を依頼する。横崎雅楽会は、横浜、川崎市で活動している雅楽好きの集まりで、アマチュアとは思えないほどレベルが高いらしく、大きな神事の度にお世話になっている。

上水流さんは、夏越大祓式のときにいたのか。どうりで見覚えがあると思った。あのときは烏帽子を被って萌葱色の狩衣を纏い、いまと全然雰囲気が違うのでわからなかったのだ。

「おかげで最高の巫女舞に合わせて、最高の演奏ができた。俺の音楽人生で最も神々しい時間だったよ。腰を落ち着けた先であんな巫女舞に出会えるなんて、運命を感じずにはいられない」

上水流先生――いや、上水流さんの口調は相変わらずどこか投げやりで、言葉とは裏腹に感動が微塵も伝わってこなかった。「恐縮です」と応じる雫は氷の無表情のままで、参拝者向けの愛嬌は見られない。伶人さんは神社にとって「外部の人間」なのにどうして？

目で訊ねた俺に、雫は答える。

「上水流さんは、神職の資格を持った伶人さんです。神社の奉職に有利になるので雅楽のお稽古(けいこ)をしているうちに、そちらの道に進むことにされたとうかがっています」

神職の資格を持つ上に、一緒に神事に携(たずさ)わったから、雫にとって上水流さんは「神社側の人間」というわけか。

「俺にとっては雅楽が一番大切なんだ。ぜひ、七夕祭りでも夏越大祓式と同じ——いや、それ以上の経験をしたい。だから久遠さんを説得してくれ、坂本くん」

「説得って、なにをですか？」

上水流さんは「全然知らされてないのか」と呟くと、眼鏡の向こうにある双眸を鋭くした。

「久遠さんは、もう巫女舞をやらないと言ってるんだよ」

第二帖

「子の心親知らず」ですか？

1

「落ち着ける場所で話したい」という上水流さんの要望に従って、社務所の応接間に移動した。

雫が巫女舞をやらない？　どういうことか気になったが、俺たちと座卓を挟んで座った上水流さんは、雫が出した冷たい麦茶にゆったり口をつけるだけで、なかなか話を始めようとしない。焦れた俺は、雫に訊ねた。

「夏越大祓式ではあんなに上手に舞ったのに、どうして巫女舞をやらないんですか？」

「『静の舞』を終えた後、宮司さまに指摘されたんです。巫女舞は神さまに捧げるものなのに、わたしの舞は形だけの雑念に充ちたものだったことを。巫女として、あってはならないこと。義経公に奉仕して、わたし自身が『お許しいただけた』と思えるときが来るまで、巫女舞の無期限禁止を言い渡されました。七夕祭りの『浦安の舞』は、おつき合いのある神社の巫女にお願いするそうです」

雑念——確かにあのときの雫は、お姉さんの死の謎を解くことで頭が一杯だった。兄貴は、それを見抜いていたんだ。だから「浦安の舞」の話になったとき、雫は答えず、兄貴は苦笑していたのか。

「巫女舞は神さまに捧げるもの」と言われてもぴんと来ない俺は、兄貴も雫も頑なすぎると思う。あんなに美しく舞えるのに、もったいないとも思う。

「久遠さんからこの話を聞かされたときは、俺も驚いたよ」

上水流さんが、ようやく口を開く。

「どんな雑念があったか知らないが、あんなすばらしい巫女舞を披露したのにもったいない。いくら宮司さまにそう言っても、『いつ禁止を解くかは、雫ちゃんが自分で判断すること』と返されてしまった。久遠さんも『いまのわたしでは、義経公にお許しいただけません』と繰り返すばかり。だから一緒に久遠さんを説得してくれ、坂本くん。久遠さんが巫女舞をやらないなんて、神社界だけではない、日本の文化にとって損失だ」

「そのために、俺に神社に残るように言ったんですか」

「そうだ。君ならできる。いや、君にしかできない」

「大袈裟な」

「そんなことはない。久遠さんは、君のことが好きなんだから」

な……。

「……なんの冗談ですか？」

俺が動揺を抑えて笑うと、上水流さんは「あ」と惚けた声を上げた。直後なにか言いかけたが、すぐに口を閉ざし、「面倒だな……！」と逆ギレ気味に呟くと、両手を座卓について、

「思わず言ってしまった。すまない、久遠さん！」

深々と頭を下げた。

「でも、俺は気づいてしまったんだ。夏越大祓式で舞っている最中、坂本くんの方に何度も視線を向ける君に。極限の緊張状態で無意識のうちに、好きな人を求めていたとしか思えない。傍で龍笛を吹いていた俺には、よくわかる」

あのとき雫が、俺のことを？　そんなそぶりをしていた記憶は全然ないけれど、本当なら……いや、でも……。

「俺が佳奈さんと話していても、なんの反応も示さないのに？」

今度は、俺が思わず言ってしまった。落ち着きを取り戻した上水流さんが、怪訝そうに言う。

「道場くんが通っている塾に、そういう名前の先生がいると聞いた。彼女がどうした？」

ごまかそうとしたが、どうせ雫にはとっくに気づかれているのだ。隠しても意味がない。

「俺は高校のころ、佳奈さんとつき合っていたんですよ。でも雫さんは、俺が彼女と親し

くしていても全然気にしていない。だから――」

「雫さんが俺のことを好きだなんて、上水流さんの勘違いです」と続ける直前だった。

「壮馬さんは、遠野さんとおつき合いしていたのですか？」

思いがけない言葉に、勢いよく顔を向ける。

雫は両目を大きく見開き、口をぽかんと開けていた。

「そうですけど……気づいてなかったんですか」

そのままの表情でこくこく頷いた雫だったが、突如、参拝者向けの愛くるしい笑顔になった。

「壮馬さんは、年上の女性がお好きなのですね」

「そういうわけでは……高校のときの話ですし……」

「そんないい加減な気持ちでおつき合いしていたのですか？」

「いい加減というわけでも……」

なにを言っても泥沼に嵌まりそうで、言葉を続けられない。上水流さんが言う。

「よくわからないが、佳奈先生のことなんて関係ないだろう。久遠さんを説得してくれ、坂本くん。君が久遠さんのことをどう思っているのかは知らないが、巫女舞はまた見たいはず――」

「上水流さんは、思い違いをなさっています」

冷え冷えとした顔つきに戻った雫は、氷の剣（つるぎ）のような声音で上水流さんを一刀両断にした。

「巫女のわたしが、信心ゼロの壮馬さんを好きになることはありえない。もちろん壮馬さんも、わたしを好きになることはありえない。神さまに対する考え方が違う相手に、恋愛感情を抱くなんてありえないですから。ですよね、壮馬さん」

「……そうですね」

本人の口から「ありえない」と三回も連呼されるとは。肩を落とすのを辛うじてこらえる俺に気づくことなく、雫は続ける。

「そういうわけですから、壮馬さんに説得されたところで無意味です。自分が義経公にお許しいただけたと思えるときが来るまで、わたしは巫女舞をやりません」

「頑固（がんこ）だな。では、順番に行くしかない」

上水流さんは、億劫そうに腕組みをする。

「再来週の氏子総会では、横崎雅楽会の催しもあると聞いた。会にお願いして、俺も演奏させてもらう。俺が奏でる音色を聴けば、巫女舞の昂揚感（こうようかん）が蘇るはず。まずは、それを目標にする」

「氏子総会の間、わたしは宮司さまたちのお手伝いで忙しいです。演奏を聴いている時間はありませんよ」

「部屋の外にいても音は漏れ聞こえる。俺の演奏なら、それで充分さ。面倒だけどな」

すごい自信だ。それだけ確かな演奏技術を持っているということか。

でも、言動がどこか気怠そうだったり、やたら「面倒」と口にしたりする様を見ていると、「熱心」という春海くんの言葉は、やっぱり信じられない。

「七夕祭りの『浦安の舞』の奏者にもなってやる。そうすれば、稽古でここに通うことになる。巫女さんとの合わせ稽古は、この部屋でやるらしいからね。毎日のように俺の演奏が聞こえてくれば巫女舞に復帰したくなって、義経公に許しを乞おうとするだろう。坂本くんの出番は、それからだ。『義経公に許してもらう』というのは、究極的には自分で自分を許すということだからな。好きな人の後押しが絶対に必要だ」

「おもしろいご意見ですが、『浦安の舞』の笛は龍笛ではなく神楽笛ですよ」

「もちろんわかっている。俺が最も得意なのは龍笛だが、神楽笛もできるから問題ない」

「フルートとピッコロのようなものでしょうか」

「そういうことだ。氏子総会でも神楽笛を吹く」

楽器の知識がない俺にはさっぱりだが、雫は納得したように頷いた。

「でも上水流さんは、春先に雅楽会に入ったばかりだとうかがいました。『浦安の舞』の神楽笛奏者は既に決まっているでしょうし、出番があるとは思えません」

「実力で奪ってみせる。楽しみにしていてくれ」

「そうですか。巫女舞のことはともかく、上水流さんの奏でる音色はすてきなので楽しみです」

雫の声音には温度がなく、上水流さんの「挑戦」をどう受けとめているのか読めなかった。

俺が神社に残ると言っても、兄貴は「だと思った」の一言で受け流した。雫の態度にも変化はない。上水流さんに俺のことを好きだと言われたこともなかったかのようで、巫女舞の話題を出すこともない。

というわけで、俺はあっさりもとの生活に戻り、あっという間に十日ほどがすぎた。この間、多少の気まずさはあったが、雫と一緒に日常業務をこなしながら氏子総会の準備を進めている。

今回の氏子総会は、来月の七夕祭りの打ち合わせで、祭りの手順や、告知用のポスターを貼る場所を確認したりする。でもまじめな話をするのは最初だけで、実情は暑気払い。

会場はいつもの応接間で、当日は隣室との襖をはずして二十畳近い大部屋にする。
これより規模の大きな氏子総会を開催する場合は、ホテルの会場を借りることもあるそうだ。

料理の手配は済んだし、兄貴や勘太さんの挨拶、雅楽など催し物の手順も確認した。氏子総会は三日後の日曜日、準備は万端……となった木曜日、問題が発生した。

「さすがに、どうにかしないとね」

夕拝後の事務室。苦笑する兄貴の前にあるのは、大量の酒瓶だった。ほとんどが日本酒で、高級そうな銘柄ばかりだ。

神社には、飲食物が大量に奉納される。特に多いのが日本酒だ。「お神酒(みき)」という言葉があるように、神事と酒は切っても切れない関係だからである。

奉納された飲食物は、しばらく神前に捧げた後に片づける。これは「お下がり」と言われ、事務室の隅の机にまとめておき、俺たちが当番制でいただいて持ち帰っている。野菜や魚など生物(なまもの)のお下がりが優先されるので、もともと日本酒は残りがちだ。そこに夏越大祓式で巫女舞をする雫を見て、「あわよくばお酌を」という下心丸見えの高級日本酒の奉納が急増した。

結果、事務机は、大量の日本酒に占拠されてしまったのだった。

三日後の氏子総会に出す分を差し引いても、なおこれだ。

「いくらなんでも、酒ばっかり残りすぎじゃないですか」

「すまん、坊や。俺のせいだ」

俺に答えたのは、白峰仙一郎（しらみねせんいちろう）さんだった。机に片肘をつき、骸骨（がいこつ）のような顔をしかめている。

源神社に奉務する神職の一人である。袴の色は、兄貴と同じく、高位の神職だけが穿（は）くことを許される紫。これだけを見れば、高潔な神職のようだが。

「いつもは俺が大量に持ち帰るんだが、この前、友だち（ダチ）と酔っ払って、財布とスマホと上着をなくしちまって、女房から禁酒令を出されたんだ」

「上着までなくさないでください！」

五十すぎにもなってなにをやってるんだ、この人は。

兄貴が、傍らの琴子さんに息をつく。

「白峰さんが持ち帰れないと、途端に酒が余るね」

「日本酒が好きなのは栄ちゃんだけだから。ビールなら、私がいくらでもいただくけど」

雫は未成年だから論外だし、俺はアルコールに強いが好きではないので、持ち帰るにも限度がある。どうしたものかと思っていると、「あのう……」と声が聞こえてきた。振り返ると、桐島平（きりしまたいら）さんが自分の席で、遠慮がちに手をあげていた。

白峰さんと同じく、源神社に奉務する神職である。肥満気味の身体（からだ）といい、おどおどした態度といい、白峰さんとはなにかと正反対の人だ。

「ほかに人がいないなら、私が持ち帰ってもいいでしょうか」

「構わないけど、桐島さんは下戸（げこ）だよね？」

兄貴の言うとおり、桐島さんは酒を一口飲んだ途端、顔が真っ赤になる。神職になって一年と少しだが、いまも宴会では氏子さんたちに無理やり飲まされそうになり、苦労しているようだ。

「そうですけど、少しでもアルコールに強くなりたいんですよ。壮馬くんにばかり、氏子さんたちの相手をさせるのは心苦しいですし」

確かに俺は、宴会の度に氏子さんたちに絡まれる。楽しくないわけではないし、仕事と割り切ってはいるが、面倒だと思うことがあるのも事実だ。桐島さんの気持ちはありがたい。

でも案の定、雫が言った。

「アルコールに強いかどうかは、体内のアルデヒド脱水素酵素（だっすいそこうそ）の強弱によります。先天的に決まっているので、いくら飲んでも強くはなれませんよ」

「雫ちゃんは冷静だねえ。でも、そのとおりだよ、桐島さん」

朗らかな笑い声を上げる兄貴に、桐島さんは悲愴感漂う顔で答えた。

「飲んでいれば、ある程度はなんとかなるはずです」

それから桐島さんは、机の傍らに置かれた段ボール箱に日本酒を詰め始めた。かなりの量だ。箱を持ち上げ「お先に失礼します」と事務室から出ていく姿は、なんだか思い詰めているように見えた。そういえばここ最近、いつもあんな雰囲気だ。

「桐島さんは、やけ酒したいだけなんじゃないでしょうか。仕事が忙しい割に、まあ、その、報いが……」

「確かに桐島さんは神職二年目で昇給したばかりだ。月給六十万円にはほど遠いね」

俺が濁した言葉を汲み取り、兄貴は笑った。

「どこから六十万なんて数字が出てきたんです？」

「源神社が所属している神社本家の方針で、どんなに利益を出している神社でも、神職の月給は上限六十万円と決められているんだよ。もっとも、この金額に達している神社は数えるほどしかない。小さな神社なら、兼業でないと暮らしていけない神職も多い。源神社だって業務内容と給料が見合っているか問われれば、微妙なところだ」

「だったら、やっぱり……」

「それでも、桐島さんがやけ酒なんてありえないよ。サラリーマンをやりながら、二年間みっちり研修を受けて神職の資格を取ったんだ。しかも神社は専願制(せんがんせい)――採用試験を受けている神社の合否が出るまではほかの神社を受けられないしきたりだから、ツテがないかぎり、資格を取っても奉務先が簡単には決まらない。そんな苦労を乗り越えた人が、やけ酒なんてするはずない」

いつもどおりヘリウムガス並みに軽い口調なのに、桐島さんへの信頼が不思議と伝わってきた。

「だとしても、あんなにたくさん持ち帰りすぎじゃないですか?」

「それだけ一人で氏子さんのお相手をしている壮馬の力になりたくて、必死なんじゃない? 桐島さんだって立派な神職なんだから、心配する必要はない」

兄貴の言葉を信じていいんだろうか?

「氏子さんの相手は壮ちゃんで充分なんだから、アルコールに強くなる必要なんてないのにね」

俺の不安を吹き飛ばすように、琴子さんが快活な笑い声を上げた。

この人は、それほど背が高いわけでも、スタイルがいいわけでもないのに、独特の色香を醸し出している。しかも姐御肌(あねごはだ)なので、宴会では年齢どころか性別問わず、一緒に飲みたがる氏子さんが続出する。俺が奉務する前は、その相手で大変だったらしい。

「こんな神社はなかなかないぞ。さすが草壁宮司だ」

「本当に。栄ちゃんはすごいよ」

白峰さんも琴子さんもどうして兄貴をほめるのかよくわからないが、確かに、掃除から氏子さんの酒の相手までこなす雑用係がいる神社なんてそうはないのだろう。

「今回は、初めて来る崇敬者もいるからね。頼むよ、壮ちゃん」

「なんですか、スウケイシャって？」

俺が琴子さんに訊ねた瞬間、室内の空気が凍りついた。


氏子さんは、各神社に祀られる氏神に守られた、その地域に住む人たち。一方、住んでいる場所に関係なく、特定の神社を信奉する人たちを「崇敬者」という——そうだ。

「氏子さんと同じく神社を支えてくださる、なくてはならない方々なのに。基本的なことを壮馬さんに教えていませんでした。わたしの責任です」

雫はうなだれていたが、俺に言わせれば神社に専門用語が多すぎることが悪い。

最近、源神社は安産祈願のお守りや、恋愛パワースポットがある神社として話題になり、崇敬者たちを組織化した「崇敬会」の規模が大きくなりつつある。兄貴は「会員数四桁」

を当面の目標に、ウェブサイトを拡充したり、SNSで情報を発信したりしているらしい。

「先週、ウェブ経由で、山口県の社長さんから申し込みがあったんだ。横浜観光のついでに、今度の氏子総会にも参加してくれるらしい。横浜に来たらまず挨拶に来ると言っていたから、粗相のないようにね」

そう言われた翌日、金曜日の夕方。俺と雫、兄貴の三人は、社務所の戸口で岩見是守さんを出迎えた。ウェブで申し込んできたプロフィールによると、年齢は四十三歳。大柄な体軀は、定規で引いたように角張っている。背筋が真っ直ぐなこともあって、なんだか岩壁のようだ。

素顔の雫も愛想がないが、岩見さんの場合はそれを超えて威圧的ですらあった。

対照的に、岩見さんの傍らに立つ女の子は、細くて、やわらかな雰囲気だ。腰まである栗色の髪と、大きな瞳が愛らしい。小学六年生になる一人娘、璃子ちゃんだという。

「この度は氏子総会に参加させていただき、ありがとうございます」

岩見さんは、仏頂面のまま頭を下げる。璃子ちゃんはちょこんと一礼すると、にっこり笑った。

「お父さん、私、境内を見てくるね」

そう言うや否や、璃子ちゃんは岩見さんがとめる間も俺たちが自己紹介する間もなく、走り去ってしまう。

「仕方ない子だ」

岩見さんは呟くと、後ろ手で社務所の引き戸を閉めようとする。その直前、俺は見た。足をとめて、岩見さんに鋭い眼差しを向ける璃子ちゃんを。

陽炎(かげろう)と蝉の鳴き声に彩られたその姿は、チェック柄のミニスカートと相まってかわいらしいはずなのに、暗く、不穏な空気を漂わせていた。

岩見さんは気づく様子もなく引き戸を閉め、璃子ちゃんの姿は俺の視界から遮断された。

「昔から義経は好きですし、神社にも興味があったので、こちらの崇敬会に入ることにしました。安産祈願や恋愛パワースポットで人気というのもおもしろい。こんな神社は、ほかにないでしょう」

「安産のご利益は、高齢出産した芸能人がたまたま当社(とうしゃ)のお守りを持っていただけ。恋愛パワースポットは、自然発生的に話題になったもの。私にとっては幸運でした。義経公のお導きでしょうね。もっとも、そういうご利益はともかく、義経公を祀る神社ならほかにもありますよ。神奈川県内でしたら白旗(しらはた)神社や九郎明神社(くろうみようじんじや)、北海道の平取町(びらとりちよう)には義経神社。山口県にも遮那王(しやなおう)神社がありますね」

「山口にも？　それは知りませんでした」

「高齢化と過疎化で氏子さんが減少し、最近は元気がないようですから。名物の神輿も、担ぎ手が足りなくて何年も出していないと聞きます。義経公が『遮那王』と名乗っていた砌、天狗と修行していたという故事にちなんだデザインで――」

神社大好きな兄貴が、岩見さんに熱弁をふるいながら廊下を歩いていく間も、璃子ちゃんの姿が頭から離れなかった。

それから兄貴は、岩見さんと二人で応接間で話をした。岩見さんは、横浜に月曜日の朝まで滞在する予定。明日は元町商店街――通称・元町ショッピングストリートを見て歩くという。でも璃子ちゃんはそちらに興味がなくて、中華街を観光したがっているらしい。

「というわけで、岩見さんから『娘にガイドをつけてもらいたい』と頼まれた。よろしくね、壮馬。雫ちゃんにも同行をお願いした。デート気分を楽しめるだろう。兄の心遣いに感謝してよ」

2

勝手に決めておきながら兄貴は気楽なものだったが、こちらの都合も聞かずにガイドを頼んでくるなんて、岩見さんはさすがに少し厚かましくないか？　それに元町ショッピングストリートと中華街は、首都高速神奈川三号狩場線を挟んですぐ隣だ。璃子ちゃんと一緒に行けばいいじゃないか。かと思えば、氏子総会には親子で一緒に参加するという。子どもが参加して楽しい会ではないのに。行動がちぐはぐだ。

そんな父親に、璃子ちゃんが鋭い眼差しを向けていたことも気にかかる。

岩見親子には、なにかあるのでは？

雫も、俺と同じように考えたらしい。翌日、二人で身構えながら元町・中華街駅の三番出口（中華街口）を出たところで璃子ちゃんを待っていたが。

「こんにちは。今日はよろしくお願いしまーす！」

階段を駆け上がってきた璃子ちゃんは大きな瞳を爛々と輝かせ元気そのもので、拍子抜けした。

昨日は互いに自己紹介しなかったが、俺たちのことは岩見さんから聞いたのだろう。見た目がごつい俺には「ソウマさん」とぎこちない呼び方だったが、雫には「久遠さん、超かわいい！」と笑顔を弾けさせる。

「ありがとう。うれしいな」

応じる雫は、参拝者向けの愛くるしい笑顔ではあるが、子ども相手なので敬語は使っていない。

　新鮮だ。

　私服は長いお嬢さま風のスカートを穿くことが多いのに、今日は「歩きやすいですから」と膝丈のハーフパンツなので、余計にそう感じる。

　後から階段を上がってきた岩見さんは、俺たちに「よろしく」とぶっきらぼうに言っただけで、元町の方へと歩いていった。岩見さんがいなくなるなり、璃子ちゃんは昨日の姿が嘘のように語り出す。

　璃子ちゃんのお目当ては、中華街にある関帝廟（かんていびょう）。ここに祀られた関帝こと、三国志（さんごくし）の英雄・関羽（かんう）が好きなのだという。ゲームに出てきたキャラが強くてかっこよかったことが理由らしい。

　拍子抜けしたまま、中華街に移動する。兄貴の家に居候して四ヵ月になるが、来るのは高校のとき、佳奈さんとのデート以来だ。

　相変わらず、すごい人混みだった。日本人だけでなく、アジア系、西洋系などさまざまな人種でごった返し、たくさんの言語が行き交っている。極彩色のごてごてした装飾の建物が立ち並んでいるし、食べ歩きをしている人が多いし、やたらと占い屋があるし、同じ人混みでも、元町の洗練された雰囲気とは別物だ。

でも活気があって、心地よいごった煮感ではあった。

今日も朝から暑く、少し歩いただけで背中から汗が噴き出したが、不快感より昂揚感の方がはるかに勝っている。

「はぐれないようにしようね」

雫が、璃子ちゃんの右手を握りしめる。雫の手を握り返す璃子ちゃんは、背筋が真っ直ぐで、姿勢がよかった。岩見さんとは全然雰囲気が違うけれど、これに関しては親子でそっくりだ。

「えへへ。久遠さんと手をつないじゃった」

はしゃいでいた璃子ちゃんの顔が、不意に強ばった。理由を問う間もなく、二人の姿は人混みに呑まれてしまう。慌てて周りをかき分け追いついたときには、璃子ちゃんは笑顔に戻っていた。

「こんなに人が多いところ、初めて。横浜ってすごい！」

はしゃいでいるので問い直すタイミングを失っているうちに、関帝廟に到着した。おそらく、中華街で最も名の知られた観光名所だろう。「廟」とは、中国における神社のこと。「関羽を祀った神社」ということである。

同じ神社でも、源神社とは趣がまるで違う。

入口にそびえ立つのは、赤い柱こそ鳥居に似ているが、上部の横木に瓦が載せられ、派手な彫刻が施された門。本殿も、中華街の街並み同様、極彩色の装飾が随所に施されている。夏の激しい陽光に照らされ、全体の色味は一層濃度を増しているようだった。

圧倒的な大きさと派手さに呑まれたのか、璃子ちゃんは門を見上げたまま動かない。その少し後ろで、雫は小声で俺に訊ねてくる。

「中国の神さまにも、信心を持てないのですか」

「——もちろんですよ。璃子ちゃんがいるから、お参りはしますけどね」

夏越大祓式の日についた嘘がばれないように、信心ゼロを強調しておく。

境内は無料で入れるものの、本殿で参拝するには拝観料を払わなくてはならない。まずは、線香を五本購入する。本殿の回廊には一から五の番号を振られた香炉があり、そこに一本ずつ線香をお供えする。本殿に入るのはそれから——という参拝の手順を、中国人のスタッフが慣れた口調で説明してくれる。

「線香」といっても、日本のものと違い、菜箸のように長くて太い。立ち昇る煙とにおいも強烈だ。璃子ちゃんは「咳き込んじゃいそう！」と笑いながら、俺たちと香炉にお供えした。

本殿に入ると、またスタッフから説明を受けた。神前でひざまずいて合掌して三礼し、自分の住所、名前、生年月日を心の中で告げてお祈りをする。これを玉皇上帝、関帝、地母娘娘、観音菩薩、福徳正神の順に繰り返す――以上が基本の作法だが、宗派や先祖の慣習により、ある程度は自由にしていいらしい。ちなみに玉皇上帝は天空に住んでいるので、南の正門に向かって参拝する。

線香をお供えしたときと同様、はしゃいでいた璃子ちゃんだったが、関帝の像の前に来た途端、顔が強ばった。

赤ら顔で、腰よりも長い髭。かなりの大きさで、こちらを睨み下ろすような眼差し。迫力ある姿がこわいのだろうか。

「……拝んでいいの？」

璃子ちゃんが、像から目を逸らして言った。

「いいに決まってるじゃないか」

笑って促しても、璃子ちゃんはひざまずいて少し手を合わせただけで、すぐに像から離れてしまった。やっぱり、こわいのかな。俺は微笑ましく思ったが、雫は愛嬌を消し去り、璃子ちゃんの背にいつも以上に冷たい眼差しを向けていた。

「なにも、そんな目で見なくても」

小声で注意する俺に、雫は「そうですね」と応じながらも、まったく表情を変えない。

クールビューティーな巫女さんは、神さまの前であいう態度を取ることは子どもでも許さないということか。

よほど関帝の像がこわかったのか、璃子ちゃんはその後も手短にお祈りしただけで、本殿から出てしまった。ちょうどお昼時になったので、三人で中華料理店に入る。混んでいたので入口で名前を書き、油の香ばしい香りに食欲をそそられながら待つこと数分。

「坂本様」

意外に早く呼ばれてテーブルに移動すると、璃子ちゃんの頬が赤くなっていた。

「どうかした？」

「別に……ただ、その……もしかして坂本さんと久遠さんって、つき合ってるの？」

唐突な質問だ。でも、雫の答えはわかっている。

「ううん。ありえないわ」

「——そういうことだよ」

上水流さんのときに耐性ができたとはいえ、満面の笑みで口にされた「ありえない」の一言は、心に深々と突き刺さった。

俺の心情を一顧だにしない様子で、雫は小首を傾げる。

「どうして急に、そんなことを思ったの？」

「昨日も今日も、ずっと一緒にいるし……いくら同じところで働いてるからって……」

璃子ちゃんは不意に言葉をとめると、隣のテーブルに目を向けた。璃子ちゃんと同い年くらいの女の子と、父親らしい男性がいる。二人は、笑い合いながら箸を動かしていた。

「さっきも、そんな顔をしていたわよね。あのときも璃子ちゃんは、お父さんと女の子の二人連れを見ていたでしょう」

雫が言っているのは、璃子ちゃんと手をつないだ直後、人混みに呑まれる前のことだろう。

「それに昨日はお父さんのことを、こわい目で見ていたわよね。なにかあったの？」

璃子ちゃんは俯いてしまう。俺が「もしかして、本当は元町に行きたかったのかな？それとも、明日の氏子総会に出たくないの？」と気になっていたことを訊ねても、「それは関係ない……」と俯いたまま首を横に振る。

ウエイターが注文を取りにきた。璃子ちゃんが「任せます」と言うので、適当に炒飯と餃子を注文する。それが運ばれてきてから、璃子ちゃんは「誰にも言わないでくれる？」と上目遣いに訊ねてきた。俺たちが頷くと、璃子ちゃんは意を決したように切り出す。

「お父さんが、悪いことをしているかもしれないの」

璃子ちゃんによると、岩見さんは小さな会社の社長をしている。人手が足りず従業員を一人雇っているものの、経営は楽ではない。なにかと相談に乗ってもらっていた人とも、一ヵ月ほど前、会社の方針を巡って喧嘩別れして状況はますます厳しくなった。

それにもかかわらず岩見さんは、突然、「横浜に行く。源神社の崇敬者になる」と言い出した。しかも、璃子ちゃんまで連れてきた。

「我が家はお母さんが身体が弱いから一人にしたくなかったんだけど、『せっかく横浜に行くから』と強引に連れてこられて……お母さんも、お父さんをとめられなくて……」

「それで気まずくて、元町に行かないで別行動することにしたの？」

今度は当たっていると思ったのに、「それも関係ない……」と俯いたまま首を横に振られてしまった。またしても空振りか。気を取り直して、俺は訊ねる。

「お父さんの会社は、なんの仕事をしているの？」

「それは、その……よくわからない」

「なら、朝は何時くらいに会社に行くの？　帰ってくるのは何時ころ？」

「……日によって違う」

「土日は？」

「家にいたり、いなかったり……」

ほとんど答えになってないし、歯切れが悪い。

「暴力団とかそういうことをしているわけじゃないし、ちゃんとまじめに働いてるんだよ。でも、お金がないはずなのに旅費はどうしたのか訊いたら『余計なことを訊くな』って怒鳴られちゃったの。後ろめたいのをごまかしているみたいで、悪いことをして手に入れたお金かもしれない、と心配になって。本当はどうなのか、知りたくて」

璃子ちゃんは、ごまかすように早口で言葉を並べ立てる。引っかかりはしたが、ひとまず呑み込んで俺は言った。

「お父さんが本当に『悪いこと』をしているなら、警察に捕まってしまうかもしれないんだよ。それでも知りたいの？」

「……うん。もしお父さんが悪いことをしているなら、絶対にとめないといけないから」

璃子ちゃんは、小学生とは思えないくらい力強く頷いた。その姿が却って弱々しく見えて、守ってあげたくなる。

「そういうことなら、雫さんに任せるといいよ。謎解きが得意な『名探偵』だからね」

大人ならすぐには信じないだろうが、璃子ちゃんは「お願いします、久遠さん！」と即座に両手を合わせた。

子どもはすなおだ。

俺と璃子ちゃんの視線を受けた雫は、にっこり笑って言った。

「無理ね」

「わたしたちにできることはなにもない。山口に戻ったら、誰か大人に相談するといいわ」

雫がそう言ってから料理に手をつけたが、会話はまったく弾まなかった。店を出た後も気まずいままで、俺たちは早々に、璃子ちゃんを横浜駅前のホテルまで送っていった。

「自分から『なにかあったの？』と訊ねておきながら、冷たすぎませんか」

璃子ちゃんの姿がホテルに消えるなり、雫を咎めてしまう。

「冷静に判断しただけです。仮に璃子ちゃんの話が本当だとしても、お金を手に入れるための『悪いこと』は無数にあります。明後日（あさって）の朝、璃子ちゃんが山口に帰るまでに調べられるはずがありません。期待させてはかわいそうです」

雫なりの気遣いだったらしいが、やっぱりちょっとずれている。そう指摘する前に、気づいた。

「『仮に』ということは、雫さんも、璃子ちゃんの話が嘘かもしれないと思っているんですね」

「壮馬さんも、そう思っているのですか」

それはそうだ。岩見さんの仕事について、知っているのに隠している様子だったから。

もちろん、璃子ちゃんから見ると「知られたら恥ずかしい仕事」だから隠している、という可能性もある。でも本当に岩見さんが「悪いこと」をしているか知りたいなら、そんなことは気にしていられないはずだ——という自分の考えを述べてから、俺は続ける。

「璃子ちゃんが『お父さんが悪いことをした』と嘘をついているなら、よほどの事情があるはず。昨日はあんな目で岩見さんを見ていたし、親子関係になにかあるのかも。放っておけません」

「それならそれで、短時間で解決するのは難しいです。安請け合いできません」

「氏子総会の最中、岩見さんと話すチャンスがあるじゃないですか」

「わたしは他人の気持ちを理解することが苦手です。少し話しただけで、親子関係の問題まで見抜く自信はありません」

「俺も手伝います」

「壮馬さんは、氏子さんのお酒の相手でそれどころではないでしょう」

そのとおりだが、「無理」と決めつけて、なにもしないなんて。

その後の俺たちは、璃子ちゃんがいたとき以上に気まずくなって、一言も言葉を交わさないまま源神社に戻った。雫がようやく口を開いたのは、社務所に入ってからだ。

「ひりひりするので、日焼け止めを落としてきます。先に宮司さまのところに行って、今日の報告をしてきてください」

「雫さんも一緒の方がいいだろうから、待ってます」

「丁寧な洗顔が必要なので、時間がかかります。専用のクレンジング剤も使わなくてはいけませんし」

気まずくて小声かつ早口になる俺と違って、雫ははっきりした声音で言った。この子は色白なせいか、肌が強くない。日焼け止めを落とすのにも気を遣うらしい。「大変ですね」と返す直前、なにかが落ちる音が響き渡った。廊下の突き当たりにある倉庫からだ。

雫と二人で駆け寄ると、桐島さんが顔を出した。全身汗だくだ。今日は、市内の海水浴場で海開きの祈禱だったはず。「海の事故が起こらないように」という願いから自治体や商店会に依頼されることが多く、神社にとっては「夏の定期収入」ではある。ただし炎天下で礼服を重ね着して臨むので、熱中症になりかける神職も珍しくないらしい。

「すみません。出張祈禱から戻って片づけをしていたら、手が滑ってしまいました」

巫女は神職の補助者、要は「部下」だ。なのに桐島さんは、雫や雑用係の俺にさえ、いつも敬語を使う。雫と違って、子ども相手にも敬語で話しているようだ。
肥満気味の身体越しに室内を覗き込む。広い室内の奥には、参拝者から預かった笹が白い紙に包まれ積まれている。来月の七夕祭りでお焚き上げするものだ。

そちらは整然としていたが、床には大麻（おおぬさ）が二本、三方（さんぼう）が四つ転がっていた。大麻は、紙垂（しで）が大量にぶら下がったお祓いに用いる棒、三方は、神さまに捧げる食べ物や酒など神饌（しんせん）を載せる木製の台だ。丸い穴が三方向に開いているから「三方」と呼ぶらしい。普通の家庭では正月に鏡餅（かがみもち）を載せるときくらいしか見ないが、神社ではほぼ毎日目にする。

三方はともかく、大麻は紙垂が絡まり、悲惨なことになっていた。

倉庫に入ろうとする雫を、俺は手で制する。

「桐島さんは俺が手伝いますから、日焼け止めを落としてきてください」

「お言葉に甘えます」

洗面所は、倉庫の隣にある。雫が入ると、すぐに蛇口（じゃぐち）から水が流れ落ちる音が聞こえてきた。手で水をすくう音も重なる。それらを耳にしながら、俺は三方を手に取った。

三方そのものは軽いが、載せる神饌によっては一気に重たくなる。例えば、果物の盛り合わせのときなどは大変だ。「神さまに失礼」ということで、自分の息がかからないよう目線より上に掲げるのが正しい持ち方だが、長時間持っていると腕がじわじわ疲れてくる。

「お手を煩わせて申し訳ありません。私は鈍くさくて……」

桐島さんは恐縮しながら、紙垂の絡まりをほどき、大麻を整え始めた。お世辞にも手際がいいとは言えない。三方を片づけ終えた俺がもう一本の大麻を整えている間も、桐島さんの方は遅々として進まない。それどころか、大麻を落としてしまう。

洗面所の水音がとまったせいで、紙垂が床に広がる「ばさり」という音は余計に大きく響いた。

「そんなに焦らなくても大丈夫ですよ」

「す……すみません。壮馬さんにとって私は上司なわけですから、もっと堂々としなければと思ってはいるのですが」

「そうですよ、自信を持ってください。桐島さんは、ものすごい苦労を乗り越えて神職になったんでしょう」

冗談めかすと、桐島さんは「苦労はしました」と呟き、どこか遠くを眺める眼差しになった。

「身内に神社関係者がいない者が神職になるための講習期間は二年。その間スクーリングや神社への実地研修で、当時勤めていた会社を度々休まなくてはなりませんでした。毎月のように出されるレポートは『江戸の庶民にとっての神社の役割』『世界の宗教と神道との比較』などテーマが壮大で複雑な上に、すべて手書きでないとだめ。なにより辛かったのが正座です。儀式の段取りを覚えるため、一日十時間以上することもありました。次の日はふとももが腫れ上がって、歩けませんでしたね」

聞いているだけで足が痺れてきそうだ。

「桐島さんは、神社の清浄な雰囲気に魅せられたと聞きましたけど、その気持ちだけでそこまでできるものなんですか」

「きっかけは雰囲気ですよ。近くの会社に通っていたので、疲れたときによく源神社に来ていたんです。都会にあるとは思えないくらい静かで、空気が澄んでいて、心が洗われるようでしたから。そうしたら、ある日、草壁宮司にこう言われました」

――よくいらっしゃいますね。神さまに呼ばれたんですね。

「御神体を見ることができないことは、壮馬さんも知ってますよね」

「はい」

神さまが宿っているとされる「御神体」は、拝殿の奥にある本殿に祀られている。「おそれ多い」ということで、原則、宮司すらも見てはいけない決まりだ。そのため、なにが御神体とされているのか、各神社に伝承はあるものの真偽は不明。そもそも、存在しているかも定かではない。

なお、源神社の御神体は、義経の愛刀「今剣（いまのつるぎ）」と伝えられているが、さすがに俺には信じられない。

「見てはいけない、あるかどうかもわからないものに宿る『神さま』の存在が当然のように語られることが新鮮で、超常的な力を感じましてね。本当に自分が呼ばれた気がして、一念発起して神職を目指すことにしたんです。正直、何度も心が折れそうになりました。でも、こんな鈍くさい私があきらめず、がんばって神職になったら、誰かになにかを伝えられるかもしれない。そんな風に自分を励まして、なんとか資格を取ったんです」

洗面所から、再び水音が聞こえてきた。蛇口から水が流れ落ちる音だけだ。手で水をすくったり、顔を洗ったりする音は聞こえない。

桐島さんが、紙垂を整え終えた大麻を握りしめる。

「偉そうなことを言って、まだ誰にもなにも伝えられていないんですけどね。みなさんのために謎解きをする雫さんや、彼女を手伝う壮馬くんの方が、よっぽど存在意義があります」

「そんなことないと思いますよ」

水が流れ落ちる音だけが聞こえる洗面所の方を見ながら、俺は言った。桐島さんは社交辞令と受け取ったのか、「私にもできることがあったら、なんでも言ってください」と頭を下げ、大麻を棚に置いて事務室に戻っていく。

洗面所からは水が流れ落ちる音だけが、変わらず聞こえてくる。

「桐島さんの話を聞いて、心が揺れたんじゃないですか」

呼びかけると、ようやく水音がとまった。

「どういうことでしょうか」

雫が倉庫を覗き込んでくる。クレンジング剤を落とし切っておらず、皮膚がまだら模様になっていた。笑いそうになるのをこらえ、俺は言う。

「雫さんは無理と決めつけ、調べもせずに璃子ちゃんのお願いを断った。でも一生懸命がんばっている桐島さんの話を聞いて、自分にもできることがあったんじゃないかと後悔しているんでしょう。だから日焼け止めを落とすのを忘れて、水を流しっ放しにしていたんだ」

「おっしゃる意味がわかりません。考えごとをしていただけです」

妙なところで意地っ張りなのか、雫は頑なに言い張って「でも」と続ける。

「璃子ちゃんのために、少し調べてみましょうか」

ますます笑いそうになって、俺は倉庫の中を見るふりをして顔を背けた。

3

スマホの番号を聞いていたので、璃子ちゃんにはすぐ、雫が調べる気になったことを伝えた。璃子ちゃんが喜ぶ声に奮い立ち、電話を切ってから俺なりに必死に考える。

でも、なんの推理も浮かばない。

岩見さんが本当に「悪いこと」をして金を稼いだのか、璃子ちゃんが嘘をついているのか。あるいは、岩見さんは本当に「悪いこと」をしているが、璃子ちゃんは理由があって仕事について「知らない」と言い張っているのか。どれか判断するには、情報が少なすぎる。璃子ちゃんには「気づいたことがあったら電話してね」と頼んでおいたけれど、その後なんの連絡もない。

岩見さんは、熱心な崇敬者——身も蓋もない言い方をすれば、神社に寄進してくれる「お得意さま」になるかもしれないので、無闇に身辺を嗅ぎまわるわけにはいかない。璃子ちゃんに「誰にも言わないでくれる?」と言われたのだから、調べていることを知られるわけにもいかない。

特に兄貴は、要注意だ。なにしろ、俺が雫のために嘘をついたことをあっさり見抜いたのだ。もしかしたら、雫以上の「名探偵」かもしれない。

琴子さんたちに慎重に話を聞いた結果、わかったことと言えば、岩見さんがなんの仕事をしているのか誰も把握していないことくらいだった。ウェブから崇敬会への申し込みをした際、職業欄には「自営業」としか書かれていなかったらしい。

聞き込みの成果を話し、「岩見さんと直接話せる機会は、氏子総会しかありません。それまでに手がかりを見つけて、璃子ちゃんの話が本当か嘘かだけでも確定させましょう」と言う俺に、雫は「そうですね」と軽い相槌を打つだけで、なにを考えているのかわからなかった。

翌日。氏子総会当日の日曜日。

雫はなにを調べているのか、朝から何度もスマホを見ていた。昼休みが終わったいまも、授与所で参拝者たちを笑顔で見送ると、白衣の懐からスマホを取り出す。いつもなら、奉務中は事務室に置いたままにしているのに。

「なんだって、そんなにスマホを見ているんです？」

「璃子ちゃんのために、さがしているものがあるからです」

訳がわからないでいると、「こんにちは」と璃子ちゃんが声をかけてきた。岩見さんも一緒だ。

岩見さんは、目礼すらせず切り出す。

「娘が、坂本さんたちにどうしても会いたいと言い出しましてね。忙しいとは思うが、ぜひ境内を案内してやってほしい」

俺たちに中華街のガイドを頼んだことの礼もなしに、またお願いか。しかも、氏子総会の前に。見た目や態度だけで判断してはいけないことは百も承知だが、「璃子ちゃんの言うとおり、『悪いこと』をして金を稼いだんじゃ？」という疑念が頭をよぎってしまう。

「この前は一人で境内を歩いただけだから……坂本さんたちと一緒だと、楽しいし……」

取り繕うように言う璃子ちゃんは、あまり楽しそうではなかった。無理やり連れてこられたんじゃないか？　戸惑っているうちに、岩見さんは一方的に続ける。

「では、よろしく。私はその辺で時間をつぶしてくるので――」

「せっかくですから、岩見さんの方は私がご案内しましょうか」

壁代をはらりとめくり上げ、兄貴が顔を出した。「お得意さま候補」の前だからか、声には重みがあり、口許には艶のある笑みを浮かべている。

「一昨日は、社務所をご覧いただいただけですからね。神輿殿をお見せしますよ。子どもやお年寄りでも引けるように、去年から車輪をつけた山車のような神輿も新調したんです。

氏子総会の前であまり時間はありませんが、よろしければぜひ」

神輿殿は、文字どおり、神輿をしまっておく建物のことだ。ガラス張りの箱に神輿を入れ、いつでも誰でも見られるようにしておく神社もあるが、源神社では祭りのとき以外に目にする機会はほとんどない。

「車輪ですか。それはおもしろそうだ」

仏頂面のままではあるが、岩見さんが身を乗り出した。よっぽど神社に興味があるのだろう。

「悪いこと」をしているかはともかく、この気持ちは本物だろうと思う。

というわけで、授与所は琴子さんに任せ、俺と雫は璃子ちゃんを、兄貴は岩見さんを案内することになった。

エアコンが効いた授与所から一歩出た途端、熱い空気が全身にまとわりついてきた。玉砂利に降り注ぐ陽光は目に眩しく、榊や楠の葉を青々と照らしている。あまりの暑さのせいか、日曜日にしては参拝者が少なかった。

「璃子ちゃんは、本当に俺たちと会いたかったの？」

「……もちろん。それより、なにかわかった？」

「もちろん」を鵜呑みにできず、なんと言っていいかわからない俺と違い、雫は「なにも」と、ためらいなく首を横に振った。璃子ちゃんは気の毒なくらい肩を落とすと、独り言のように呟く。

「やっぱり、お父さんの仕事を教えた方がいいのかな」

　この言い方からすると。

「やっぱり璃子ちゃんは、お父さんの仕事を知ってるんだよね」

　俺が言った途端、璃子ちゃんは首をぶんぶん横に振った。

「し……知らないよ」

「仕事がわかれば、お金を手に入れた方法のヒントになるかもしれないんだ。隠していることがあるなら――」

「なにも隠してないってば。そんなに気になるなら、お父さんに直接訊いてみて」

　頑なに言い張る璃子ちゃんの笑顔は、見るからにぎこちなかった。隠していることがあるとしか思えないが、いくら訊いても答えてくれそうにない。気まずい沈黙が漂いかける。

「この上って、恋愛パワースポットなんだよね」

　璃子ちゃんは話の矛先を逸らすように、上り階段に目を遣った。この先は桜の木に囲まれた空間で、誉田別命、いわゆる「八幡さま」が祀られた摂社がある。社の脇に立つ一際大きな桜はさまざまな経緯を経て、いまや県内屈指の恋愛パワースポットとして知られるようになった。

璃子ちゃんは「行ってみたい！」と、無理にはしゃいだ声を出して階段を駆け上がっていく。真っ直ぐな背筋を見つめる雫の顔つきは、いつの間にか氷の無表情になっていた。

「やっぱり璃子ちゃんは、岩見さんの仕事を知ってますよね」

俺の言葉に、雫は「まだ断定はできませんが」と言いつつ頷いた。次いで、別人のように明るい笑顔になって「待ってよ、璃子ちゃん。袴だと走りにくいんだから！」と叫び、璃子ちゃんを追いかける。俺も、急いでそれに続いた。

階段を上り切る。生い茂った葉が陽光を遮ってくれるおかげで、少しだけ空気がやわらかかった。いつもなら、パワースポット目当ての参拝者がいることが多い。桜が咲き誇っていた春先は、花見目当ての外国人観光客でにぎわってもいた。

でも今日は、見知った男性が一人いるだけだった。

「上水流さん」

「――ああ」

気怠そうな声で返す上水流さんは、今日も黒い服で全身を固めていた。葉と葉の合間から射し込む陽光にまだらに照らされた姿はスポットライトを浴びているようで、ブランド物なのだろう衣服が一層高級そうに見える。

上水流さんは、社を一瞥して言った。

「集合時間までまだ余裕があるから、お参りをしていたんだ」

「芸事のご利益をお求めなら、八幡さまより義経公の方があるとされていますよ」

璃子ちゃんの手前だからだろう、雫がにこやかに言う。源義経は龍笛の名手だったという伝承があるので、芸術方面にもご利益があるとされているのだ。

上水流さんは、心外そうに首を横に振った。

「縁結びのご利益がほしくてきたんだよ。俺の実力と才能なら、芸事のご利益なんて必要ない」

相変わらず、すごい自信だ。あきれそうになったが、上水流さんの頰が瘦け、目の下にうっすらクマが浮かんでいることに気づいた。最も得意な楽器は龍笛らしいから、もしかして。

「龍笛と同じくらい神楽笛が吹けるように、必死に稽古したんですか」

俺の質問に、上水流さんは「そんなはずないだろ」と肩をすくめた。

「わざわざ必死に稽古なんて――まあ、そうだな。稽古すれば成功するとはかぎらないが、成功する人間は、みんな稽古している。毎日の努力の積み重ねが、大きな力になるんだ」

唐突に発言を翻す直前、上水流さんの視線は璃子ちゃんをとらえていた。子どもが聞いていることを意識したに違いない。でも発言だけでなく、語調も熱を帯びたものへと変わっている。本気で信じていなければ、こんな話し方にはならないと思う。

――教え方はうまいし、熱心だし、評判はいいですよ。

春海くんが、上水流さんについてそんな風に言っていたことを思い出す。学校では、いまみたいな話し方をするのだろうか？　俺たちの前でもそうすればいいのに、どうして？

俺の疑問を感じ取ったのか、上水流さんは心底嫌そうに言った。

「自分の情熱を前面に出していたら、昔つき合っていた女性に『暑苦しい』と言われたんだよ」

「そ、それはお気の毒でしたね……」

そのせいで本性を見せないだけで、実は「隠れ熱血漢」なのかもしれない。

「輝いてる」

雫がぽつりと呟いたのは、俺と同じように、上水流さんの本性を好ましく思ったからか。

「輝いてる」なんて、表現が独特すぎるが。

璃子ちゃんは、胸の前で心配そうに両手を握りしめた。

「神楽笛は、今日の氏子総会で演奏するんだよね。なら、気をつけて。うちのお父さんは、下手くそな奏者を怒鳴ったことがあるの」

「ちゃんと稽古したから心配ない」

「だといいけど。お父さんに怒鳴られた奏者は、『二度と人前で吹きたくない』と泣いちやったらしいから」

「怒鳴られるような演奏なんてしないよ」

笑ってみせるも、上水流さんの頰は微かにひきつっていた。

でも、どれだけ下手だったか知らないが、奏者を怒鳴るなんてさすがに短気すぎない
か？　会社の方針を巡り、相談に乗ってもらっていた人と喧嘩別れしたとも言っていたけ
れど……。

「お父さんは、どこで神楽笛を聴いたの？」

「……コ、コンサート」

取り繕ったような答えを返した璃子ちゃんは、慌てたように続ける。

「近所の公民館でやったコンサートで……人が少なかったから、怒鳴りやすかったという
か……とにかく、お父さんが怒鳴らないか心配なの」

しどろもどろだ。雫の様子をうかがうと、一瞬ではあるが、顔つきが氷の無表情に戻っ
た。でも、すぐに璃子ちゃんを安心させるように微笑む。

「上水流さんなら大丈夫よ。わたしの巫女舞のときも、すてきな演奏をしてくれたから

──ですよね、上水流さん。楽しみにしています」

雫は上水流さんの前まで歩を進めると、軽く背伸びをした。なにをするのかと思ったら、右手で上水流さんの左肩を握りしめる。雫らしくない仕草だ。上水流さんも戸惑っていたが。

「俺も楽しみにしているよ。君が俺の奏でる音色を聴いて、巫女舞復帰を決意する瞬間を」

最後には、強い口調でそう言った。眼鏡の向こうにある双眸からは倦怠感が消え、眩い光を放っている。「復帰はしません」と否定すると思いきや、雫は上水流さんの左肩を握りしめたまま「期待しています」と頷いただけだった。

こんな、らしくない励まし方をするなんて。実は、巫女舞に未練があるのだろうか？

上水流さんと別れた後、境内を歩きながら璃子ちゃんと話したが、新しい情報は得られなかった。そうこうしているうちに、岩見さんの案内を終えた兄貴に呼ばれ、氏子総会の準備に戻ることになる。璃子ちゃんは、もう少し境内をぶらぶらしてから氏子総会に行くという。

「お願いします、久遠さん、坂本さん。私にできることなら、なんでもするから」

に。

別れ際、璃子ちゃんはそう言ったが、だったら岩見さんの仕事を教えてくれればいいのに。

でも、まだチャンスはある。璃子ちゃんは、途中で氏子総会に飽きてしまうだろう。「面倒を見る」という口実で一緒に中座すれば、話を聞けるはず。

氏子さんの酒の相手役を抜けられるか、心配だが……。

事務室に戻ると、兄貴が雫に言った。

「三方にどら焼きを載せて、応接間の神棚にお供えしてもらえるかな。ばたばたしていて、すっかり忘れてたんだ。もう岩見さんがいるから、儀式どおりにね。もっとも、雫ちゃんに人目は関係ないだろうけど」

「はい。わたしにとっては、いつもと同じです」

神饌のお供えは、神職や巫女の日課だ。人目があるときは、正座したり、一礼したりと儀式に則った手順を踏むが、一人や内輪だけのときは簡潔に済ませてしまうこともある。しかし雫は、人がいようといまいと、いつも儀式に則っているらしい。

「壮馬も作法を見て勉強してね」と兄貴に言われ、雫と一緒に台所に行く。テーブルには、仕出し屋から運ばれた料理やビール瓶が、所狭しと並べられていた。醬油や味噌の香りが漂う中、雫は高級和菓子店のどら焼きを手に取り、三方に鏡餅のように積む。それを持って台所を出ると、応接間の前で正座し、「失礼致します」と襖を開ける。

岩見さんは下座寄りの席であぐらをかき、室内をぼんやり眺めていた。雫が丁寧に一礼すると、我に返ったように俺たちの方に視線を向ける。

「随分と氏子が集まるんだな。にぎやかでいいことだ」

仏頂面のせいか、言葉とは裏腹にどこか皮肉めいて聞こえた。

「皆様、当社を大切にしてくださってますから」

雫は愛くるしく微笑むと、両手に持った三方を顔の前に掲げ、背筋を真っ直ぐにして応接間に入った。神事に臨む際は背筋を伸ばすのが作法なので、神職や巫女は総じて姿勢がいい。俺も、できるだけ背筋を伸ばして雫の後に続く。それをじっと見つめていた岩見さんだったが、雫が神饌を供え終えるなり口を開く。

「久遠さんは、疲れているのかな」

唐突な一言は、先ほど以上に皮肉めいて聞こえた。反射的に身体が硬くなってしまう。

雫も、目を丸くして首を横に振る。

「いいえ。どうして、そんなことを？」

自分で声をかけておきながら、岩見さんは顔をしかめてしばらく黙った末に、

「二日続けて娘の相手をさせてしまったから、なんとなく思っただけだ」

思いがけない言葉を口にした。

「この神社は若い職員ばかりで、なにかと大変だろう。普通はもっと、ベテランが多いのにな」

素っ気ない口調なのでわかりにくいが、もしかして雫のことを心配しているのか？　さっきは見た目や態度だけで判断してはいけないと思いつつ、疑念がよぎってしまったけれど……。

「久遠を心配してくださって、ありがとうございます。どんなお仕事をなさっていれば、そういう気遣いができるようになるんですか」

強引であることを承知で、俺は切り出した。岩見さんは、不審そうに顔をしかめつつも答える。

「……アジア系の雑貨を扱う会社をやっているが」

雫が一瞬、「岩見さんが神楽笛奏者を怒鳴った」という話が出たときと同じように、氷の無表情に戻った。

会社の名前まで訊くのは、さすがに怪しまれる。俺は「山口だと韓国も近いですしね」などと当たり障(さわ)りのない言葉を返し、雫と応接間を出た。事務室に向かいながら、興奮を抑えて言う。

「岩見さんが本当に雑貨商なら、璃子ちゃんが隠すのは不自然です。会社の名前や評判を調べられたら、お金に困っていないとばれて『悪いこと』をしてお金を稼いだという話が嘘だとわかってしまうから隠したんじゃないでしょうか。ほかにも、嘘じゃないかと思う話はあります」

岩見さんの印象がよくないことは事実だが、神楽笛の奏者を怒鳴ったという話はさすがに信じられない。いまは雫のことを心配もしてくれた。誤解されやすいだけで、金のために「悪いこと」をする人ではなさそうだ――そう語ると、雫は大きな瞳で俺を見上げた。

これまで、俺が的はずれな推理をしたことはある。でも今回は、俺が疑ったのと同じタイミングで雫の表情は氷になっていた。考えは同じのはず。自信を持って雫を見つめ返して続ける。

「知り合ったばかりの俺たちに父親を貶めるようなことを言うなんて、よほどの事情があるとしか思えません。岩見さんだって、一人で元町に行ったり、今日も璃子ちゃんを俺たちに預けたり行動が不自然です。あの親子には、なにかある。もう氏子総会が始まってしまうけど、なんとかしてあげましょう。雫さんは親子関係の問題まで見抜く自信はないと言ったけど、俺も手伝うから大丈夫」

「でも――」

「わかってます。俺は氏子さんの酒の相手をしないといけない、と言いたいんでしょう。それについては助けてもらいますから——桐島さんに」

昨日、桐島さんは「私にもできることがあったら、なんでも言ってください」と言ってくれた。アルコール・ハラスメントを強いるようで心苦しいが、もうお言葉に甘えるしかない。少しは時間を稼いでくれるはず。その間に俺と雫は、璃子ちゃんが嘘をついている理由をさぐる。

状況が厳しいことに変わりはない。でも、氏子総会の前に璃子ちゃんの話が嘘だと確定できたんだ。あきらめてたまるか——。

「さっきから、なにを言っているのですか」

感情のこもっていない声音でも、雫があきれていることはわかった。

「桐島さんに助けていただく必要はありませんよ。もう真相はわかりましたから」

4

訳がわからないうちに、雫は、俺と岩見さん親子だけでなく、なぜか兄貴と、さらには桐島さんまで事務室に集めた。雫以外の神社関係者は自分の席に着いているが、岩見さんは白峰さんの、璃子ちゃんは琴子さんの椅子に腰を下ろす。

一人立った雫は、参拝者向けのやわらかな顔つきで、深々と一礼した。

「応接間には氏子さんたちがいらしているので、こちらに来ていただきました」

「そろそろ氏子総会が始まるのでは？」

岩見さんは股（また）を大きく広げ、肩をいからせている。雫はそれに臆（おく）することなく、璃子ちゃんから「お金がないはずの岩見さんの旅費の出所を調べてほしい」と頼まれたことを説明した。話が進むにつれ、岩見さんの表情はどんどん硬くなっていく。

「璃子ちゃんは、岩見さんのことを心配して、わたしに相談してくれたんです。怒らないであげてください」

雫がその一言で話を終えた瞬間、岩見さんは鼻を鳴らした。

「子どもの話を真（ま）に受けたのか。怒らんが、不愉快だ。金は、まじめに働いて稼いだ」

璃子ちゃんが嘘をついているとしか思えない俺は、岩見さんの言葉に頷きそうになる。

しかし雫は、首を横に振った。

「お金は、脅迫して手に入れたのですよね」

脅迫――その単語の意味を理解する前に、岩見さんは猛然と反発した。

「勝手なことを言わないでもらおうか」

「では、脅迫されたご本人に訊いてみましょう。いかがですか、桐、島さん、」

「脅迫」以上に理解できないまま、俺は桐島さんの方を見遣る。その瞬間、息を呑んだ。

桐島さんが真っ青な顔をして、額に汗を滲ませていたからだ。

これから始まる話は、璃子ちゃんに聞かせていいものではない。腰を浮かしかけたが、雫が参拝者向けのやわらかな面持ちをしながらも、氷塊のような瞳で、俺をじっと見つめていることに気づいた。

なにか考えがあるのか？　だったら……。

座り直す俺にほんの少しだけ頭を下げ、雫は璃子ちゃんに言う。

「お父さんが悪いことをしているなら、絶対にとめないといけないと言ったものね。話を聞きたいわよね」

「――もちろん」

璃子ちゃんは、桐島さんと同じくらい青ざめた顔を敢然と上げた。

「宮司さま、なんなんですか、この巫女は。早く黙らせ――」

「桐島さんが脅迫されているかもしれないと思ったのは、昨日、璃子ちゃんをホテルに送って、社務所に戻ったときです」

岩見さんを無視して、雫は話し出す。岩見さんは顔をしかめたが、兄貴が悠然と顎に右手を添えているだけなので、不服そうにしながらも黙った。

「出張祈禱から戻ってきた桐島さんは、倉庫で片づけをしている最中、大麻と三方を落としました。その後も、やけに手際が悪かった。なにかに動揺しているみたい、と思ったときに気づいたんです。桐島さんが大麻と三方を落とす直前、わたしが口にした言葉に」

「たいしたことは言ってないでしょう」

——丁寧な洗顔が必要なので、時間がかかります。

雫は日焼け止めを落とそうとして、そう言っただけだ。俺がそのことを話すと、なぜか桐島さんの大きな身体が震え出した。

「洗顔に動揺したんですよね、桐島さん」

桐島さんは口をぱくぱくさせるが、俺は首を傾げてしまう。

「どうして、そんな言葉で？」

「『洗顔』という言葉から、『専願制』の『専願』を連想したんですよ」

専願制——採用試験を受けている神社の合否が出るまでは、ほかの神社を受けられない決まりだと兄貴が言っていた。

「桐島さんは専願のしきたりを破り、ほかの神社の合否が出る前に源神社の採用試験を受けた。それをネタに、岩見さんに脅迫されているのかもしれない——そう閃（ひらめ）いたから、わたしは璃子ちゃんの依頼を受けることにしたんです。解決の見込みもないのに、安請け合いはできませんからね」

俺と桐島さんが片づけをしている最中、雫が洗面所で水を流しっ放しにしていたのは、この閃きで頭が一杯だったから。桐島さんが口にした「誰かになにかを伝えたい」は無関係で、意地っ張りだったわけではなかったのか！

でも、飛躍しすぎじゃないか？

「桐島さんは三日前、下戸なのに、お下がりの日本酒を大量に持ち帰りました。アルコールに強くなりたいと言ってましたけれど、本当の目的は転売。岩見さんにまとまった額を払ってしまったので、少しでもお金が必要だったのでしょう。複数のネットオークションやフリーマーケットサイトで、桐島さんが持ち帰った日本酒が出品されているのを見つけましたよ。出品先のサイトを複数に分けたのは、高級な日本酒を同じアカウントからまとめて出品したら盗品だと疑われるからですよね」

雫が朝から何度もスマホをチェックし、「さがしているもの」がなにかはわかった。

でも、やっぱり飛躍しすぎだと思って俺は言う。

「日本酒を出品したのが桐島さんとは断定できませんよ。できたとしても、桐島さんはお下がりを転売しようとしただけで、岩見さんに脅迫された証拠にはなりません」

「もちろん、それだけではありません。桐島さんが脅されていると閃く前から、わたしは岩見さんの職業についてある考えを持っていたんです。関帝廟での、璃子ちゃんの態度を見て」

岩見さんに視線で咎められても、璃子ちゃんは心外そうに首を横に振った。あの場にいた俺にも、なんのことかわからない。

「璃子ちゃんは関帝の像を前にしたとき、『拝んでいいの？』と言いました。壮馬さんは、璃子ちゃんがこわがっていると思ったようですが、わたしは奇妙に感じたんです。関帝が好きなら、どんな像かは想像していたはず。『いいの？』と許可を求めるような質問も不自然です。そのとき、ふと思いました。璃子ちゃんは『像を拝む』という行為自体に抵抗があるのではないか、と」

「そんな人いるわけないでしょう」

俺としては当然の指摘をしたつもりだったが、雫の表情は瞬時に凍りついた。唐突に愛嬌が消え失せた雫に、岩見さん親子は状況も忘れて困惑の面持ちだ。

「崇敬者に続いて、わたしの指導不足ですね。反省しなくてはなりません」

「ええと……どういうこと……」

「像を拝むこと、即ち、偶像崇拝（ぐうぞうすうはい）を禁じる宗教はたくさんある。神道も、似たところがあるよね。一部の例外を除いて、基本的に神さまを象った像はないし、神さまが宿っている御神体を見てはいけないしきたりだから」

兄貴の言葉に、俺は思わず「あ」と声を上げた。

雫が、参拝者向けの笑顔に戻って頷く。

「宮司さまのおっしゃるとおりです。岩見さんが神職で、璃子ちゃんが小さいころから神社に慣れ親しんでいれば、御神体に該当する関帝の像が目の前に鎮座していて、しかも直接拝むという状況に抵抗を覚えても不思議はありません。

なぜか隠しているけれど、岩見さんは神職かもしれない。神職が、奉務先以外の神社を崇敬することはなんの問題もないのに。研修でお世話になった神社の崇敬会に入っている神職もたくさんいるのに——漠然とそう思っているところに、『センガン』という言葉に過剰反応する桐島さんに遭遇した。『実は神職の岩見さんが、専願違反をした桐島さんを脅迫している』という発想は、飛躍しすぎではないでしょう」

雫は、岩見さんに顔を向け続ける。

「璃子ちゃんから、岩見さんが神楽笛の奏者を怒鳴ったことがあるという話も聞きましたよ。短気すぎると思いましたが、神職として、神事で演奏された神楽笛が稚拙で、神さまに粗相したと憤ったのなら頷けます。璃子ちゃんは、コンサートだったとごまかしてましたが。岩見さんの姿勢がいいのも、常日ごろ、神職として神事に臨んでいるから」

岩見さんは、岩壁を思わせる身体を微動（びどう）だにしない。

「ただ、岩見さんが神社とは関係なく、偶像崇拝を禁止する宗教の関係者だという可能性もありました。それを確認するために、先ほど応接間で、わざと間違った三方の持ち方をしたんです。壮馬さんは、気づいていなかったようですけれど」

必死に頭を回転させていると、答えが降ってきた。

「あのとき雫さんは、三方を顔の前に掲げてましたよね。目線より上に掲げるのが正しい持ち方なのに」

「よくできました」

一旦わざわざ氷の素顔に戻ってから、雫は岩見さんに言う。

「岩見さんは、三方を持つ手が本来の位置より下がっているわたしを見て、つい責めるような言い方をしてしまったんです。それをごまかそうとしたから、わたしがどうして疲れていると思ったのか訊ねても、すぐには答えられなかったのでしょう」

これが正しいなら、心配してみせたのは雫のためではない、岩見さん自身を守るための芝居だったことになる。

「以上から、わたしは岩見さんの職業が神職であると判断しました。従業員、つまり下位の神職が一人いるそうですから、一般の神職ではなく、宮司。桐島さんは、あなたの神社の採用試験を受けている最中、専願違反をした。違いますか」

微動だにしないままの岩見さんは、本当に岩壁になってしまったかのようだった。

「——雫さんの、言うとおりです」

汗だくで青ざめた桐島さんが、絞り出すように言う。

「一年前、岩見さんの神社で神職を募集していたので試験を受けました。でも合否の連絡を待っている間に、源神社が募集を始めたんです。草壁宮司のもとで奉務したい一心で、すぐに申し込んでしまって……岩見さんに辞退の電話をするのを、つい後回しに……」

「言い訳しようがない、完全な専願違反だ」

岩見さんが吐き捨てる。桐島さんは、額から流れ落ちる汗を拭うこともできない。

「私が辞退の連絡をする前に、岩見さんから採用の電話をいただきました。事情を話すと、ものすごく怒鳴られましたよ。私が悪いのだから当然です。それでも、最後には許してくださったんです。なのに先週、突然電話がかかってきて、『専願違反の迷惑料を払え』と言われました。そうしないと、草壁宮司にこのことを話すと……。『崇敬会に入るふりをして源神社に行くが、俺の素性については話すな』とも言われて……目的はわかりませんでしたが、従うしか……」

「目的なんぞない。横浜観光したかっただけ――」

「違いますよね」

雫は笑顔で、岩見さんを遮った。岩見さんと桐島さんが、そろって雫に目を向ける。

「璃子ちゃんは、岩見さんの会社――つまりは神社が、うまくいっていないと言っていました。地方の神社は氏子さんが減って、年々経営が厳しくなっています。それに加えて岩見さんは、一ヵ月ほど前、氏子総代と喧嘩したのではありませんか」

「なぜ知っている？」

岩見さんから驚きの声が飛び出す。声こそ出さなかったが、俺も驚いていた。

雫は笑顔のまま、なんでもないことのように言葉を継ぐ。

「璃子ちゃんは、岩見さんが『相談に乗ってもらっていた人』と、仕事の方針を巡って喧嘩したと言っていました。神社で相談に乗ってもらう人と言えば、まず、氏子総代が考えられますから。その人と喧嘩してますます氏子さんが集まらなくなり、当社の氏子総会がうらやましくて、応接間でぼんやりしていたのでしょう」

「随分と氏子が集まるんだな。にぎやかでいいことだ」という一言が皮肉めいて聞こえた背景には、そういう事情があったのか。

「当社は、もともと観光名所であることに加えて、安産祈願のお守りや恋愛パワースポットが話題になって崇敬者さんが増えています。総代と喧嘩して追い詰められたあなたは、状況を打破するには崇敬者を増やすしかないと考え、当社のノウハウをさぐろうとしたんです。それが横浜に来た目的。昨日、元町ショッピングストリートに行ったのは、当社が近隣地域とどんな関係を築いているか調べるため。近隣の評判が悪い神社に崇敬者は集まりませんから。

　身体が弱い奥さまの代わりに、璃子ちゃんにも神社を手伝ってもらっているんですよね。あなたと同じように姿勢がいいので、察しがつきました。だから、なにか役に立つ情報をさぐらせようと、昨日、わたしたちと一緒に行動させた。中華街を選んだのは、関帝が好きな璃子ちゃんの希望でしょう。でもなにも得てこなかったので、今日も連れてきたんです。氏子総会に参加させようとしたのも、少しでも情報を集めるため」

　昨日、璃子ちゃんが岩見さんと別行動だった理由も、今日、無理やり連れてこられたようだった理由も、まとめて腑に落ちた。とはいえ、

「崇敬会に潜り込まなくても、ノウハウを知りたいならすなおに訊けばよかったのに」

　ぽろりと口にした俺を、岩見さんは睨みつける。

「うちは格式ある神社なんだ。そんなみっともない真似ができるか」

「だったらなおさら、脅迫までして横浜に来なくても」

「主祭神が、当社と同じ義経公なのでしょう。だからどんな手を使っても、当社に来たかったんです」

俺が言い終えるのと同時に、雫は言った。

「山口の神社で、主祭神が義経公となると、岩見さんが宮司を務めているのは遮那王神社。名物のお神輿は、担ぎ手が足りなくて、もう何年も出していないのですよね。岩見さんは、少ない人数でも出せるように車輪をつけようとしたけれど、総代に反対された。それが喧嘩の原因なのではありませんか。でも岩見さんは、まだあきらめていない。だから宮司さまが車輪をつけたお神輿の話をしたとき、興味深そうにしていたんです」

「……なにもかもお見通しなんだな」

岩見さんは苦虫を嚙みつぶしたような顔で、投げやりに頷いた。

まさか、奉務先の神社まで見抜いているなんて！　やっぱり「名探偵」だ、この子。

今日、雫が氷の無表情に戻る度に俺と同じ推理をしていると思ったけれど、見ているものが全然違った。「圧倒的」という言葉では足りないくらいの頭脳の差を感じてしまう。

「義経公が主祭神だからご縁を感じて遮那王神社を受けたのに、こんなことになるなんて」

呟いた桐島さんは、茫然としている。

璃子ちゃんの方は全身の強ばりが解きほぐされるような、深い息をついて頭を下げた。

「坂本さん、久遠さん、ごめんなさい。お父さんが『神職であることを隠すのは遮那王神社のため』と言うから、内緒にしていたの。お父さんが一生懸命だから、邪魔したくなくて……仕事について訊かれたら『雑貨商だと答えろ』と言われたんだけど、そこまで嘘をつきたくなくて……でも、どうやってお金を手に入れたのかは知りたくて……」

雫が、兄貴に顔を向ける。

「宮司さまにお話を聞いていただいたのは、岩見さんを崇敬者として認めるべきではないと思ったからです。ほかの氏子さんたちに申し訳ありませんし、総会への参加についてご判断を――」

「判断は不要だ。さすがに氏子総会には参加できないし、するつもりもない。この神社の崇敬者が増えているのは、安産祈願のお守りと恋愛パワースポットのおかげ。どちらも運だけで、参考にならないこともわかったしな。騙したのは悪かったが、その男の専願違反を指摘してやったんだ。ありがたく思ってくれ」

腕組みをして鼻を鳴らす岩見さんは、反省している様子がまるでなかった。

見た目や態度だけで判断するのはよくないと思っていたが、そのとおりの人だったのか。

璃子ちゃんは大きな瞳を潤ませ、膝の上で両手を握りしめる。

謎は解けたけれど、璃子ちゃんは、父親が脅迫していたという事実を突きつけられただけだし、桐島さんも専願違反を兄貴に知られてしまった。本当にこれでよかったのか？　横目でうかがっても、雫はなにも言わない。なんとかしないと……このままだと、誰も救われない……。

「なるほど。話はわかりました」

兄貴が、場違いに朗らかな声で言う。そうだ。兄貴なら、なんのかの言っても伝統ある神社の宮司なんだし、うまく収めて——。

「専願違反をした神職を置いておけません。解雇します」

「ちょうどいいから、氏子総会で発表しましょう」

俺たちが啞然（あぜん）としているうちに、兄貴は分厚い肩を落とす桐島さんを連行するように応接間に向かった。俺と雫も連れていかれる。

こういう結末になるとは思わなかったのか？　目で訊ねても、雫はなにも言わない。

後ろからついてきた岩見さん親子を廊下に残し、俺たち四人は応接間に入る。まだ全員そろっていないようだが、既に二十人以上の氏子さんが来ていた。

兄貴が、桐島さんと並んで氏子さんたちの前に立つ。俺と雫は傍らで待機させられた。

琴子さんと白峰さんはなにかが起こったことを察した様子で、下座の方に控えている。

「みなさんにお話があります」

兄貴は、神事の最中（さなか）のような荘厳（そうごん）な顔つきと語調で、桐島さんの専願違反について語る。

岩見さんに配慮してか、「ある神社から聞いた」ということにして、遮那王神社の名前も、脅迫についても触れなかった。朗々（ろうろう）と響く声に、俺と雫を含め、その場にいる人たちは咳（しわぶ）き一つせず——いや、できず、兄貴の声に聞き入る。

「——以上の話を、桐島も認めています。そのような神職に奉務を続けさせることは、氏子さんたちにも申し訳ありません。よって」

全身汗だくになって目を伏せる桐島さんを鋭い眼差しで見据え、兄貴は宣告する。

「桐島平を解雇します——そして、いまをもって新たに雇用します」

なにを言っているのか、すぐには意味がわからなかった。

「新米神職として再スタートですから、事実上の減給処分ですね」

兄貴は、くすりと笑って続ける。

「桐島は、当社になくてはならない神職です。不器用なのは事実ですが、何事にも一生懸命になれる人物。その精神を忘れず、今後もぜひ義経公に奉仕してもらいたい。いかがでしょうか」

みんな、兄貴の言わんとしていることを理解し始めた。ただ一人、桐島さんだけは、口をあんぐり開けたままだ。

「宮司さまのおっしゃるとおりでよいと思います」

上座に座った勘太さんが、とっくに七十歳をすぎているとは思えない張りのある声で言って、拍手する。ほかの氏子さんも一人、二人と続き、遂には大きな拍手が応接間に鳴り響いた。

「拍手が鎮まったら挨拶するんだよ」

兄貴は口を開けたままの桐島さんに言って、応接間から出ていく。雫が兄貴に続いたので、俺も後を追った。

廊下では、岩見さんがぼんやりした目で立ち尽くしている。

雫が三方を持って応接間に入ったときと、同じ目つきだった。

「ご指摘のとおり、崇敬者が増えているのは幸運なだけです。それでいいと思っています。桐島のような人材と出会えましたからね。氏子さんたちにあんな風に接してもらえる神職なんて、そうはいませんよ。あなたも、彼がうらやましいのではありませんか」

岩見さんは、弾かれたように兄貴に顔を向ける。

「あなたが氏子総代と喧嘩になったのは、神輿の扱いを巡ってのことなんですよね。神輿に車輪をつけるか否か。言い換えれば、改革か、伝統護持(ごじ)か。どちらも神社にとって大切なことです。双方、その気持ちが強すぎるがゆえに喧嘩になったのではありませんか」

口ごもる岩見さんに、兄貴はすべてを呑み込むような、底の見えない笑みを浮かべた。

「あなたにも意地があるのでしょうが、専願違反をした桐島を一度は許したのです。本来は、やわらかな心の持ち主とお見受けします。もう一度、総代と話し合ってはいかがですか。『必ず歩み寄れる』などと安易には言えませんが、話し合わないと歩み寄ることはできませんよ」

「わ、私は……みなさんからご奉納いただいたお酒を、お下がりとはいえ、転売……」

涙と鼻水のせいでなにを言っているのかさっぱりわからない、桐島さんの挨拶が襖越しに聞こえてくる。「落ち着け」「泣くな」という、氏子さんの囃(はや)し声も。

——雫に関しては俺の勘違いだったけど、やっぱり誰かになにかが伝わっていたじゃないですか、桐島さん。

小刻みに震える岩見さんの手を、璃子ちゃんはそっとつかんだ。

「宮司さんの言うとおりにしようよ。総代さんだって、このままうちの神社を放っておきたくないはずだよ。あんなに一生懸命、お神輿のことを考えてくれてたんだから」

「……そうかもな」

俺たちから顔を背けて口にされた呟きは、これまでと違ってやわらかな声音だった。

「弥栄(いやさか)！」

応接間から声が響く。神社の宴会で使われる言葉で、いわゆる「乾杯！」だ。ヘブライ語で「神よ」を意味する単語が変化したという説もあるらしい。

漏れ聞こえてくる喧騒(けんそう)を聞きながら、俺と雫は社務所を出て岩見さん親子を見送った。

岩見さんは桐島さんに何度も頭を下げ、警察に自首しようとした。でも桐島さんが「専願違反で迷惑をかけたのは事実です」と許し、兄貴も「神社のことがあるでしょう」と宥(なだ)め、最終的には「桐島さんから脅し取ったお金を、後日、利子をつけて返す」ということで話がついた。

鳥居をくぐっていく親子を、階段の上から見下ろす。陽が沈みかけ、少しだけ穏やかになった夏の空気を吸い込んでから、雫は言った。

「岩見さんは、複雑な人でしたね」

「そうですね」

桐島さんを脅したことに関しては、言語道断だ。でも、自分が奉務する神社をなんとかしたい、と思っての行動ではある。それに、璃子ちゃんに応じた声音を思うと。

「俺は岩見さんが、悪いことをしたとは思うけど、根っからの悪い人だとは思えません」

「ああいう人を見ると、他人の気持ちを理解するのは難しいとつくづく思います」

雫は小さく息をつく。

「岩見さんが悪い人でないだろうとは思っていましたが、時間がなくて、反省してくれるという確証を持てないまま推理を始めてしまいました」

「さすがに見切り発車すぎませんか」

「いざとなったら、壮馬さんがなんとかしてくれたでしょうから」

え？

戸惑う俺を、雫が見上げる。夏の夕暮れに染まった瞳は、境内に響く蟬の鳴き声を吸い込むのではと思うほど、黒く澄んでいた。それを見ているうちに、推理をとめようと腰を浮かしかけた俺を、雫がじっと見つめていたことを思い出す。

あの眼差しに込められた意味を理解すると、胸がほのかにあたたかくなっていった。

「今回なんとかしてくださったのは宮司さまですが、もう少し時間があれば、壮馬さんだってきっとなんとかしてくれたと思います。でも岩見さんは、『神職』という自分がやりたい仕事をやっているにもかかわらず、迷っている人。やりたいことがまだ具体的に見えていない壮馬さんには、相性の悪い相手だったのかもしれませんね」

俺を見上げたまま、雫は語り出す。もしかして、フォローしてくれているのか？　表情も口調もいつもどおり冷え冷えとしているのに、心なしか早口になっているような……。気恥ずかしいのに目を逸らすことができなくて、大きな瞳を見つめたまま「ありがとうございます」とだけ返した。

結果的には役に立たなかったけれど、頼りにされていると己惚れていいのかもしれない。央輔のアドバイスどおり新しい嘘なんてつかなくても、少しずつ距離を縮めていけばいいんじゃないか。この子は横浜の高校に転入するから、時間はたっぷりあるのだし——。

「壮馬」

階段の下から声が聞こえてきた。鳥居をくぐった佳奈さんが、赤毛を揺らして階段を駆け足で上ってくる。服装は、身体にぴったりフィットした青い半袖シャツに、黒いショートパンツ。

顔を合わせるのは、七月八日のお焚き上げ以来だ。

「久遠さんが、また参拝者の悩みを解決したみたいね」

「どうしてご存じなんですか？」

とびきりの笑顔で訊ねる雫に、佳奈さんは階段の下を指差す。

「さっきすれ違った親子が、そんな話をしていたから。久しぶりに壮馬の顔を見にきたら、いいタイミングだった」

佳奈さんは、俺に挑発的な笑みを浮かべる。

「あの女の子は、とてもいい顔をしていた。『子どもたちの笑顔が見たい』という夢が蘇ったんじゃない？　教育の道に戻りたくなったんじゃない？」

この決めつけとお節介。つき合っていたころと、本当になに一つ変わってない。

「そんなことありませんってば」

あきれ顔をつくることで、俺はごまかした。

自分の胸が、春海くんの一件が解決した後と同じように締めつけられていることを。

佳奈さんはそれを見透かしたように、じっと俺を見つめる。その視線から逃れたくて雫の方を見ると、冷然とした眼差しで佳奈さんを見つめていた……って、なんで？　やきもちのはずがないし……。戸惑っていると、兄貴が「壮馬、雫ちゃん」と、社務所の戸口から呼びかけてきた。

「あたしはお参りして帰るから、お構いなく」

そう言って拝殿に向かっていく佳奈さんと別れ、俺と雫は社務所に戻った。応接間から笛の音が聞こえてくる。たぶん神楽笛、奏者は上水流さんだろう。

雅楽に疎い俺ですら、鼓膜を揺さぶられた瞬間、心も揺さぶられた。

夏越大祓式のときより迫力があるというか、魂がこもっているというか、うまく言葉にできないが、とにかく、心の奥の方にまで食い込んでくるような演奏だ。

「きれいな音色――」

雫が足をとめ、ため息交じりに呟く。上水流さんの左肩を握りしめたときは確信が持てなかったが、いまのこの姿を見ればはっきり言える。

雫は、巫女舞に未練があるんだ。

距離を縮めながら、復帰を促してあげられないだろうか。

兄貴は先に事務室に入り、自分の席に座っていた。宮司なのに、氏子総会を抜けて大丈夫なのか？

俺たちが座るのを待って、兄貴は切り出す。

「お疲れさま。雫ちゃんが『桐島さんが脅迫されている』と見抜いてくれたおかげで、丸く収まった。さすが名探偵だ」

「光栄なお言葉ですが、宮司さまも気づいていたのですよね」

「は？」と驚きの声を上げる俺に構わず、兄貴はあっさり頷いた。

「どうして、僕がわかっているとわかったの？」

「桐島さんが日本酒を持ち帰ったとき、壮馬さんの心配を、宮司さまが受け流しているようで気になったんです。あの時点で、転売目的だと察していたのではありませんか。そして次の日、岩見さんの背筋が真っ直ぐなことと、遮那王神社の話をしたときの反応で、神職であることを見抜いた。桐島さんがお金を必要としていることと、岩見さんが神職だと隠していること。両者が関係している可能性もあると考えたので、璃子ちゃんのガイドをわたしたちに任せ、さぐらせることにした。先ほど、応接間の神棚に三方を捧げるように言ったのは、わたしが岩見さんに罠(わな)をしかけると踏んだからですよね」

「すごいねえ、さすが雫ちゃんだ」

兄貴は満面の笑みで拍手するが、どう考えても兄貴の方がすごい。

「桐島さんのことだから大丈夫だろうと思って当面は様子を見るつもりだったんだけど、転売の原因らしき人が現れたから、雫ちゃんに任せることにしたんだよ」

「任せないで自分で解決すればよかったじゃない……ですか」

敬語が抜けそうになる俺に、兄貴は「とんでもない」と首を横に振った。

「僕は雫ちゃんほど優しくないから、謎解きなんてしないで桐島さんにプレッシャーをかけて、自分の口で岩見さんを告発させていたよ。氏子さんたちの前でね」

いつもどおりのにこにこ顔で、ヘリウムガス並みに軽い口調なのに、冗談には聞こえなかった。

「そんなにどん引きしないでよ、壮馬。もしも僕や雫ちゃんがいなかったら、桐島さんは自分の判断で、傷つくことを厭わずそうしたに違いない。立派な神職なんだから」

「『もしも』の話でごまかさないでください。雫さんに頼りすぎです」

「わたしが解決できると信じてくださったのだから、光栄なことです。こんなに女性を信頼してくれる宮司さまは珍しいと思います」

「僕は男女関係なく、有能な人材を重用しているだけだよ。それがうまく回っているということは、神社における男尊女卑は間違っているということだね」

「はい。おやめになった方々も、認めざるをえないでしょう」

意味がわからない俺に、雫は説明する。

「源神社では、一年前、男尊女卑の考えを持つ方々が、宮司さまが掲げる男女平等の方針に反対して一斉におやめになったんです。男性で残った神職は、白峰さんだけだと聞いています」

神社界は、いまどき驚くほどの男尊女卑がまかり通っている。女性が神事に携われるようになったのは第二次世界大戦以降のことで、現在も神職の数は、男性の方が圧倒的に多い。女性神職を認めない、認めても、男性神職のみが携われる神事を定めた神社もあるほど――という雫の話を聞いても全然ぴんと来ないのは、源神社はそういうことが一切ないからだろう。

一斉退職のせいで、一年前、神職を募集していたのか。俺が雑用係として雇われたのも、兄貴の方針に合う神職が見つからず、人手不足だったから。

琴子さんも、以前は「女だから」と、氏子さんにお酌を強いられていたのかもしれない。でも兄貴が宮司になってから負担が減って、いまは俺を盾にすることまで許されている。

——こんな神社はなかなかないぞ。さすが草壁宮司だ。

——本当に。栄ちゃんはすごいよ。

白峰さんと琴子さんが頷き合っていた理由が、ようやくわかった。

兄貴は、運がいいだけなんてことはない、すごい神職だったんだ——。

「それより、氏子総会の最中になんだけど、急いで確認したいことがあって来てもらった」

兄貴は、困ったような笑みを浮かべる。

「さっき、雫ちゃんのお父さんから電話がかかってきた。雫ちゃん、本当は話し合ってなかったんだって？『娘はいつ札幌に帰ってくるのか』と訊かれて驚いたよ」

なに？

第三帖 フィギュアのご慰霊は難しく……

1

「両親と話し合ったと言ったじゃないか！」

思わず叫んでしまった俺に、雫は氷の鞭（むち）で打つように言った。

「敬語を使ってください」

「……すみません」

「でも壮馬が驚くのも無理はないよ、雫ちゃん」

兄貴が笑いを噛み殺しながら、状況を説明する。

ついさっき、雫のお父さんから電話がかかってきた。夏越大祓式の翌日、雫が「横浜に残るということで両親と話をつけた」と言ったものの、雫の両親からなんの挨拶もない。そのことを不審に思っていた兄貴だったが、お父さんから〈夏休み明けには、さすがに娘を札幌に戻してもらいたい〉と言われ、なんの話もついていないことが発覚したのだった。

だから雫は、高校編入の準備をしていなかったんだ。

「お父さんは十一月の新嘗祭（にいなめさい）で、雫ちゃんに巫女舞をしてほしいんだってね。その準備もあって、早く帰ってきてほしいみたいだ。一年の豊饒（ほうじょう）を祝う神事だから、気持ちはわかるよ」

「申し訳ありません。わたしが『他人の気持ちがわかるようになるため横浜に残りたい』といくら言っても、両親は『遊びたいだけ』と決めつけ聞く耳を持たなかったので、つい嘘を言ってしまいました。両親とは時機を見て、改めて話し合うつもりだったんです」

俺たちに迷惑がかかることはわかっているだろうに、そんな嘘をつくなんて。家族のことになると、意外に子どもっぽい。

「残りたい気持ちに変わりはないんですね」

「はい。他人の気持ちがわかるようになりたいですから。実家の神社でも、困っている人たちの相談に乗って、謎解きすることはありました。でも大きな神社だから、神職に選ばれた、かぎられた人のお話しか聞けなかった。この神社ではそういうことがないから、いろいろな人とお話しできます」

そう語る雫の瞳は、はっと息を呑むほど澄んでいた。この子は本当に、心の底から自分を高めたいんだ――。

「半年ほど住んで、セイコーマートがないこと以外には慣れましたしね」

「セイコーマート?」

「『セコマ』『セーコマ』などと呼ばれている北海道ローカルのコンビニです。災害のときもいち早く店を開けてくれる、道民にとってなくてはならない存在です」

そんなことを、同じ瞳のまま語られても……。やっぱりちょっとずれてるな、この子。

雫は、うかがうように兄貴を見遣る。

「父が感情的になって、宮司さまにご不快な思いをさせたのではないでしょうか」

「全然。落ち着いていたよ、お父さんは」

「安心しましたけど、意外です。父は、感情がすぐ表に出るタイプなのに」

お父さんが、雫とは全然違うタイプであることがわかった。

「お父さんは怒ってないみたいだから、その点は安心していい。残るにせよ、残らないにせよ、できるだけ早く話をつけるようにね」

「はい。状況次第ですが、七夕祭りが終わったら一旦札幌に帰って話し合ってきます」

「状況次第」という言い方が気になったが、雫が一度札幌に帰ることはほぼ間違いないだろう。でも本人は、こんなに残りたがっているんだ。心配しなくても大丈夫。

「では、そういうことで。雫ちゃんは、氏子総会に戻ってね。僕は、壮馬ともう少し話をしてから行く」

なんで雫だけ？　戸惑っているうちに、雫は一礼して事務室から出ていった。

「兄貴は戻らなくていいのか？」

「お父さんは、雫ちゃんにすぐにでも帰ってきてほしそうだったよ」

俺の質問には答えず、兄貴は切り出す。

「雫ちゃんは『一旦』のつもりでも、お父さんに泣きつかれたらもう横浜に戻ってこないかもしれない。お父さんは、さみしくてたまらない様子だったからね」

「大丈夫」という余裕が、一瞬で消えた。確かに雫は、冷え冷えとした雰囲気とは裏腹に優しい。自分より父親の気持ちを優先することは、充分ありうる。

あの子との時間はたっぷりある、と思った矢先に、こんな……。

茫然とする俺に、兄貴はこわいくらい真剣な面持ちで続ける。

「この事態を回避する方法はたった一つしかない。可及的速やかに、壮馬が雫ちゃんに告白するんだ」

そうだ。こうなったら告白しか……いや。

「なぜ、そうなる？」

「壮馬とつき合ったら、お父さんが泣こうが喚こうが、雫ちゃんは横浜に残るじゃないか」

「俺が告白できないことはわかっているだろう！」

雫を好きだと知られたら、俺が「雫のために嘘をついた」とばれるかもしれない。そうしたら雫は、「わたしのせいでお姉ちゃんが死んだ」と再び自分を責める。だから俺は「信心ゼロ」を貫くしかないんだ。そうしているかぎり、雫と決して結ばれないとわかっていても——。

葛藤を抑え、改めて状況を説明した俺に、兄貴は軽やかに言った。

「夏越大祓式の時点では信心ゼロだったけど、一緒に働いているうちに雫ちゃんを好きになって、信心が芽生えたことにすればいいじゃないか」

央輔と似たようなことを言っている。

「夏越大祓式から一ヵ月も経ってないから、説得力がない」

「恋に時間は関係ないだろう」

「それはそうだけど」

央輔に言われたときもそうだったが、なぜかその案は気乗りしない……。

「気が進まないみたいだね」

「ああ。お姉さんのことで雫さんが傷つくくらいなら、札幌に帰ってもらった方がいい」

「それはそれで、雫ちゃんは幸せではないと思うよ。このまま札幌に帰ったら義経公に奉仕できなくなって、『お許しいただけた』と思える機会を失って、二度と巫女舞に復帰できないからね。本音では、復帰したくてたまらないだろうに」

雫の本音は、兄貴の言うとおりだろう。でも、

「無期限禁止を言い渡した張本人が、他人事みたいに言うなよ」

「雫ちゃんのためを思って禁止にしたんだよ。いまの状態では、義経公に後ろめたくていい巫女舞はできないからね。復帰できなかったら『雑念に充ちた巫女舞をした』というトラウマを払拭できないままで、それはそれで苦しいだろうけど」

兄貴は朗らかに笑って、右手の指を二本立てる。

「つまり壮馬が雫ちゃんの去就に関してできることは、次のどちらかだ。

①告白して、つき合って、横浜に残ってもらう

②なにも言わず、札幌に帰るのを黙って見ている

①なら、雫ちゃんは『姉の死の責任は自分にある』と再び傷つくことになるかもしれない。②なら、二度と巫女舞ができないままかもしれない」

思考回路を猛然と動かし、ほかの選択肢をさがす。

……ない！　ということは。

「どっちみち、雫さんが不幸になるじゃないか」

「でも①なら、壮馬が傍にいてあげられる。恋人になった壮馬が『見たい』と言えば、巫女舞に復帰することもあるだろう」

心が揺れていることがわかった。そういうことなら、①を選んでも……うん？　ちょっと待て。

「俺が告白して、雫さんに振られたらどうなるんだ？」

「その場合、雫ちゃんは源神社にいづらくなって、札幌に帰るだろうね。自動的に②に移行だ。そうなったら、壮馬のことは僕ら神職だけじゃなく、氏子さんも集めて慰めてあげるよ」

気がつけば、兄貴は涼やかな風が吹いているのではと錯覚しそうになるほどの、さわやかな笑みを浮かべていた。

「……兄貴は、俺を応援してくれるんじゃなかったのか。からかっているようにしか見えないぞ」

「なにを言ってるんだ、壮馬」

兄貴はさわやかな笑みから一転、神事に臨むときのような、荘厳な顔つきで告げる。

「応援することとからかうことは矛盾しないんだ！」

椅子からずり落ちそうになった。

兄貴はすごい神職だったんだ、と思ったことを心の底から後悔していると、事務室のドアが慌ただしく開かれ、白峰さんが顔を覗かせた。

「宮司、そろそろ戻ってもらわんと」

「そうですね。お任せして、すみませんでした」

兄貴は立ち上がると、今度は穏やかな顔を俺に向ける。

「①でも②でも、僕は壮馬の判断を尊重する。気持ちが落ち着いたら、総会に戻っておいで」

それだけ言うと、白峰さんと一緒に事務室から出ていった。

もしかして、雫のことを早く教えるために、わざわざ抜けてくれたんだろうか？　自分の兄ながら、訳がわからない。

琴子さんは、よくこんな人と結婚してくれたものだ。

2

次の日。

雫は授与所の隅で机に向かい、宛名書きをしていた。源神社で七五三の祈禱を受けた子どもがいる家に、七夕祭りの案内状を送るのだ。毛筆で書かれる文字は、見惚れるほど美しい。でも宛名を一つ書き終える度に、筆がとまっている。ぼんやりしていることが、横顔から見て取れる。

昨夜の氏子総会で上水流さんが披露した神楽笛の余韻が、残っているのだろう。

＊

上水流さんの演奏はすばらしく、氏子総会の後、満場一致で七夕祭りの「浦安の舞」の神楽笛も担当することになった。

演奏中の狩衣から黒服に着替えた上水流さんが、雫に言う。

「訊くまでもないと思うが、俺の演奏で『浦安の舞』を舞いたくなっただろう、久遠さん？」

「わたしはまだ、義経公のお許しをいただいてませんから」

「『舞いたい』という気持ちは否定しないんだな。最初の目標は達成したと見ていい。次の目標は、俺が吹く『浦安の舞』を聴いてもらうこと。稽古でちょくちょく来るから、お楽しみに」

たいした達成感もなさそうに帰ろうとした上水流さんだったが、廊下の途中でよろめいた。慌てて支える俺を見上げ、上水流さんは苦笑いする。

「すまない。手応えを感じるあまり興奮して、足が滑ってしまった」

それが嘘であることは、疲労が滲んだ顔を見れば明らかだった。雫の心を揺さぶるために、「浦安の舞」の神楽笛奏者の地位を手に入れるために、どれだけ必死に稽古したのだろう……。

「俺の演奏を聴いているうちに、久遠さんは義経公に許しを乞いたくなるはず。そうなったら君の出番だ。面倒だが、それしか方法はない」

上水流さんの目からも口調からも、隠そうとしても隠し切れない熱意が伝わってくる。

そんな上水流さんを見つめる雫は、緋袴の前で重ねた両手を握りしめていた。

＊

どうするのが雫にとって一番幸せなのか。昨日からずっと考えているが、答えは出ない。

でも雫が横浜に残るにしても残らないにしても、巫女舞には復帰させてあげたい。

「雫さんの巫女舞を見たい人は、たくさんいると思いますよ。それだけで、義経公も許してくれるんじゃないですかね」

思い切って言うと、雫は筆を硯（すずり）に置いて俺に顔を向けた。

「『たくさん』とは、具体的には何人でしょうか」

「それは……たくさんとしか……」

「具体的な人数もわからないのに、いい加減なことを言わないでください」

「いい加減なつもりは……」

少しでも俺に好意があるなら、こんな言い方をするとは思えない。やっぱり告白したところで、玉砕するだけじゃないか？

「それより、今日はこれから人形のご慰霊があります。気を抜かないでくださいね」

神楽笛の余韻を振り払うように、雫は凛とした声音で言った。

人形は、極論すれば「生き物の形を模した物体」にすぎないが、まるで命が宿っているように感じられ、捨てることを躊躇する人も多いだろう。そこで神社では、持ち込まれた人形にこれまでの感謝の念を伝える儀式を行っている。これが「人形慰霊」だ。俺は「人形供養」の方が耳にすることが多かったが、「供養」は仏教用語なので、主に使われるのは寺。神社では「慰霊」「感謝」などの言葉を用いるそうだ。

古来ありそうだが、広まったのは第二次世界大戦以降。高度経済成長で物があふれ、いらなくなった人形が増えたことが関係しているのかもしれない。

源神社では、年間を通して人形慰霊を受けつけている。依頼が多いのは新学期や引っ越しシーズンだが、波があるので、人形の数がある程度溜まったところで祝詞——神さまに読み上げる文章のことだ——を上げて、お焚き上げする。お焚き上げの日が決まると、サイトやSNSで告知。すると、依頼が一気に増えるらしい。

いつもは兄貴が担当しているが、今日は市の観光協会のイベントで講演するので、琴子さんが執り行う。


午後三時半。

琴子さんが拝殿に上がった。纏っているのはいつもの白衣ではなく淡い橙色の表着で、頭には黒い額当。常装と呼ばれる、神社で行われる各種神事「小祭」に神職が臨むときの装束だ。

一月一日の歳旦祭や二月十一日の紀元祭など「中祭」では礼装、各神社にとって重要な神事である例祭や社殿を新しくする鎮座祭など「大祭」では正装という、違う装束を纏う。

俺が人形慰霊を手伝うのは、今回が初めてだ。参拝者から託された人形を、雫と一緒に神前に並べていく。いつつくられたかわからない古い日本人形、一昔前のデザインの服を着た西洋人形、縫って修繕した跡が方々に見られるぬいぐるみ……いろいろな人形があった。数は二十ほど。

「結構、多いですね」

「たいしたことないよ。明治神宮で年に一度行われる人形慰霊――あそこは『人形感謝祭』と言ってるけど――は、四万近い人形が集まるからね。境内に並べるだけで一大事業だから、毎年、國學院大学に助勤の募集を出しているらしいよ」

助勤というのは、非常勤の神職のことだ。四万もの人形を並べるとなると、かなりの人手が必要なのだろう。「一大事業」というのは誇張ではあるまい。雫も知らなかったらしく、「見てみたいです」と興味津々の様子だ。

並べ終えて準備は整った、と思ったところで、琴子さんが言った。

「依頼人が来てないね」

依頼人？　怪訝に思う俺に、雫が説明する。

「一時間ほど前、女性から『フィギュアを慰霊してほしい』というお電話をいただいたんです」

漫画やアニメ、ゲームのキャラクターを模した人形――フィギュアの慰霊は、最近、少しずつ増えているらしい。昔は「一部の人のもの」と見られがちだったフィギュアが、一般に普及したということだろう。

兄貴は、ここに目をつけた。

まずは氏子さんのツテで、アニメの情報サイトを運営するウェブ会社のスタッフと知り合いになった。次いで、取材を受ける。そして今年一月、豊富なオタク知識を披露し、供養と慰霊の違いを説明した上で、「当社では、フィギュアも丁重に慰霊させていただきます」と語ったインタビュー記事をサイトに掲載してもらった。内心のたくましい商魂を見事に隠した、実にさわやかな笑顔の写真が評判になり、依頼が増えるきっかけになったそうだ。

琴子さんが言う。

「依頼人は、自分のフィギュアのためだけの祝詞も上げてほしいそうなの。私はフィギュアの知識が皆無だし、栄ちゃん目当てだと思ったから、『宮司がいるときの方がいいのでは』と言ったんだけど、どうしても今日がいいんだって」

フィギュア集めは男性の趣味だと思っていたので、女性が祝詞まで頼んでくるのは意外だった。

「こんにちは」

拝殿の外から、小柄な女性が声をかけてきた。年齢は二十歳(はたち)前後。黒い髪は、全体的に癖が強い。パーマをかけているのかと思ったが、お世辞にも整っているとは言えないから天然だろう。

「さっき電話した、益田沙也加(ましたさやか)です。遅れちゃいました?」

敬語を使ってはいるが、丁寧には聞こえない言い方だった。そのせいか、なんだか蓮っ葉な雰囲気だ。あくまで印象だが、祝詞を上げてほしいほどフィギュアに思い入れがあるようには見えない。

背中には、体格に不釣り合いな大きなリュックを背負っている。この中にフィギュアが入っているのだろうが……。

「時間どおりですよ。本日ご慰霊を担当させていただく、権禰宜の草壁琴子です」

権禰宜とは、神社の役職の一つである。偉い順に、宮司、権宮司、禰宜、権禰宜、出仕と続く。企業で言えば、それぞれ社長、副社長、管理職、一般職員、見習社員に該当するが、権宮司は大きな神社にしかいない。

琴子さんは権禰宜は権禰宜でも、禰宜の白峰さんが助勤なので、「かぎりなく管理職に近い仕事をしている一般職員」だ。

「二人は、もう授与所に戻っていいよ」

琴子さんが小声で言う。学校が夏休みに入り、境内は平日の昼間とは思えないくらいにぎわっている。言われたとおり戻ってからしばらくすると、琴子さんが太鼓をたたく音や、神楽鈴を鳴らす音が聞こえてきた。人形慰霊の始まりだ。

沙也加さんは、どんなフィギュアを持ち込んだんだろう？　少し気になったが、お守りやお札を求める参拝者の応対をしているうちに忘れてしまった。

沙也加さんのことを思い出したのは、その日の夜。草壁家で夕食中、琴子さんが「最近は、女性でもああいうフィギュアを集めるんだね」と言ったことがきっかけだった。

興味を引かれた様子の兄貴に、琴子さんが沙也加さんのことを話す。

「人様の趣味をとやかく言うつもりはないけど、美少女フィギュアというのかな。とにかく、女の子の形をしたフィギュアばっかりで驚いたよ。興味がないから、みんな同じに見えたけどね」

フィギュアファンが聞いたら激怒しそうな発言はさておき、「美少女フィギュア」というのが引っかかった。沙也加さんの印象から、ますます離れた気がする。

「世の中には、いろんな趣味の人がいるからね。僕も会ってみたかったよ。講演なんて行かなければよかったなあ」

兄貴が、ぐい飲みを両手で弄(もてあそ)びながら唇を尖(とが)らせる。今日の会合を告知した観光協会のウェブサイトで、「観光地における神社のあり方についてお話しさせていただきます」とコメントしていた男と同一人物とは思えない。

「ところで琴子さん、素材の方は大丈夫だった？」

「白い服を着ているフィギュアがあったから、一応脱がして確認しようとしたけど『大丈夫』と言われた。素人の私が見ても判断がつかないし、古いフィギュアじゃなかったから平気でしょ」

「どういう意味です？」

俺の質問に、兄貴が答える。

「ちょっと前のフィギュアは、燃やしたらダイオキシンが出る素材でつくられていたんだ。最近のものは非フタル酸系ＰＶＣ製だから、その心配はない。でもお焚き上げする前に、一応確認しておく。環境問題に引っかかると、人形にかぎらず、お焚き上げそのものができなくなるからね。ちなみにダイオキシンが出る古い人形は、専門の業者に依頼して燃やしてもらっている」

「実家ではフィギュアを慰霊したことがないから知りませんでした。やっぱりこの神社にいると、勉強になります」

そう言う雫の瞳は、好奇心で煌（きら）めいていた。自分が知らないことを知ることが、楽しくて仕方ないようだ。こういう性質（たち）だから、いろいろな推理ができるのだろう。

やっぱり、この子と離れたくない――。その思いが強くなっているうちに雫から目が離せなくなり、沙也加さんのことは再び忘れてしまった。

岩見さんが参加した氏子総会から一週間が経った、七月最後の日曜日。

源神社では二十人ほどのボランティアが集まり、境内の掃除が行われていた。神社を身近に感じてもらうことを目的に、毎月月末にやっている恒例（こうれい）行事だ。

気合いを入れて掃除するために、俺たち神社関係者は作務衣（さむえ）を着ている。袴と違って多少の汚れは気にならないし、動きやすい。ボランティアは、いつもはジャージを着ている人が多いが、今日は作務衣の人が散見された。それも、若い女性ばかりだ。「宮司さまとおそろいがいい！」と着てきたに違いない。

兄貴がちょっと微笑んだだけで、いちいち甲高（かんだか）い声を上げるのが証拠だ。

俺はそちらは気にしないようにして、雫と一緒に箒（ほうき）で玉砂利をならし続ける。一時間ほど経ったころ、二人組の青年が階段を上ってきた。

一人は、すらりと背が高く、目線の高さは、体格（ガタイ）のいい俺と同じくらい。俺より年下だろうけれど、細い目は年齢不相応（ふそうおう）に落ち着き払っている。

穿いているのは、だぶだぶのカーゴパンツ。右手をポケットに入れた様が、モデルのようだ。

もう一人は、対照的に小柄で、丸い目をおどおど動かしている。見るからに気が弱そうだが、Tシャツから覗く二の腕と、ハーフパンツから伸びる脚は引き締まっていた。なにかスポーツをしているのかもしれない。

どちらとも、頬から顎のラインが鋭く、雰囲気は全然違うのにどこか似ていた。背が高い方が兄で、低い方が弟だろうか。

背の高い青年は境内を見回すと、俺たちの傍まで来て「すみません」と声をかけてきた。

「はい、なんでしょうか？」

雫が愛くるしく応じる。小柄な青年が口を開きかけたが、結局なにも言わず俯いてしまう。雫の容姿に緊張しているわけではなさそうだ。

「自分で話すんじゃなかったのか」

背の高い青年が、薄いため息をついて前に進み出た。

「謎解きをしてくれる巫女さんですよね。沙也加さんが『フィギュアを持ち込んだ』と言うからこの神社のことをネットで検索したら、レビューに書いてありましたよ。『ここの巫女さんに謎を解いてもらったおかげで、息子がひきこもるのをやめました』と」

そういうことがあったのは事実だが、怪しい宗教の宣伝みたいなレビューだ。

「確かにわたしは、参拝者さまからそうした相談をされることがあります。失礼ですが、あなた方は沙也加さんとどういうご関係ですか？」

「俺は片山白露。沙也加さんは、兄貴のカノジョです」

「兄貴」と言いながら、小柄な青年を見遣る白露くん……って、白露くんが弟？　しかも、この「兄貴」が、あの沙也加さんのカレシ？

「……人様と話すときはポケットから手を出しなさい、白露」

精一杯、兄の威厳らしきものを見せようとしているが、却って逆効果だ。驚いていると、白露くんはさらなる衝撃をもたらす一言を口にした。

「どうして沙也加さんが兄貴のフィギュアを勝手に処分したのか、調べてください」

3

事情は気になったが境内の掃除をしなくてはならないので、一時間後にまた来てもらうことになった。

掃除が終わると、俺は白衣白袴、雫は巫女装束に着替え、境内で片山兄弟を待つ。二人は、時間どおりにやってきた。沙也加さんも一緒だ。

今日の沙也加さんの両耳には、大きな十字架の形をした、金色のイヤリングがあった。

「沙也加さんとは、神社の前で会いました」

白露くんが言うと、沙也加さんは不機嫌そうに腕組みをした。

「青一から、白露と一緒に神社に行くと聞いて駆けつけたの。私がフィギュアを燃やした理由はちゃんと教えたのに、弟に無駄足を踏ませるんじゃない」

厳しい口調に、白露くんの兄――青一くんは、先ほど以上に俯いてしまう。やっぱりカレシというのは意外だ。

「私がフィギュアを持ち込んだ理由を言ってごらん、青一」

「…………」

「言　っ　て　ご　ら　ん」

「……俺が浪人生のくせにフィギュアを集めまくって、全然勉強してないからです」

青一くんは、吹けば飛ぶような声で呟いた。沙也加さんは青一くんの頭を撫でながら、

「わかってるじゃないか」とにっこり笑う。

そんな二人を、白露くんは第三者を観察するような、やけに客観的な眼差しで見つめていた。

「これであんたもフィギュアから解放されて、新しい目標を見つけられるだろう――お騒がせして申し訳ないけど、そういうわけだから。これで失礼するね。さ、帰るよ」

沙也加さんは俺たちの返事を待たず、青一くんの腕を引いて歩き出す。過激だとは思う

が、沙也加さんがフィギュアを持ち込んだ理由は一応納得できた。雫の出る幕はないように思える。

でも白露くんは、首を横に振った。

「俺は、巫女さんたちと話をしていく。沙也加さんが、そんな理由で兄貴の大事なフィギュアを処分したなんて信じられない。なにか隠しているはずだから、それを考えてもらうよ」

少しだけ眉根を寄せた沙也加さんだったが、「好きにしな」とだけ返すと、青一くんを引き連れ鳥居に続く階段を下りていった。

「お騒がせしました。俺は一人でここに来るつもりだったんですけど、兄貴が『ついていく』と言い張ったんです。その時点で、こうなるとは思いました。兄貴はなにをするにも、必ず沙也加さんに連絡しますから」

「なら、どうして一緒に来たの？」

俺の質問に、白露くんは軽く首を横に振る。

「なるようにしかなりませんから」

醒めた口調だった。青一くんたちを見ていた眼差しといい、随分と達観している。青一くんが浪人生なら、この子は高校生か？　俺の考えを読み取ったように、白露くんは言った。

「よく間違えられるけど、俺はまだ中二です」

雫より三つも年下には見えない。参拝者向けの笑みを浮かべる雫も、少しだけ目を大きくしている。

「沙也加さんはああ言ったけど、とにかく俺の話を聞いてください」

そう言うので、社務所の応接間に通し、改めて互いに自己紹介し合った。雫が用意した麦茶に口をつけ、白露くんは話し出す。

「兄貴はバスケ部で大活躍して、高三の夏にはスポーツ推薦で大学合格も決まっていました」

「あんなに背が低いのに？」

つい口を滑らせてしまった俺に、白露くんは頷く。

「一度目標を決めたら、がむしゃらに突き進むタイプなんです。試合中は感情を爆発させて、『ビースト』とあだ名されていたくらい。『レギュラーになる』から始まって、『県大会でベスト4に入る』まで、次々に目標を達成していきましたよ。おかげで、プロのスカウトも注目する選手になりました。そのせいで、増長してしまったんだけど」

最後の一言を口にしたとき、白露くんの声音に微かに苦いものが交じった。

「俺は、君らとは格が違うから」。バスケ選手として注目を集めるうちに、いつの間にかそれが、青一くんの口癖になった。身体に触れた相手には「いくらの値段がつくと思ってるんだ？」と言い放つ。シュートをはずしたチームメートのことは怒鳴りつける。高一のときからつき合っていた沙也加さんとも、スポーツ推薦が決まった直後に別れてしまった。増長ぶりを見兼ね注意する沙也加さんに「お前みたいな癖っ毛女は俺にふさわしくない」と吐き捨てたことが原因だった——。

白露くんがそう語っても、さっきの青一くんからは想像がつかない。

「あれだけ才能があったら、増長するのも無理ないですけどね。兄貴の影響で俺もバスケを始めたけど、圧倒的な差を感じていました。俺の方が、体格はずっと恵まれているのに。世の中には、自分の力ではどうしようもないことがあると思い知りましたよ」

自分のことを話しているとは思えない口調に、胸を衝かれた。

世の中には、確かにそういうこともあるのかもしれない。でもまだ中学生なのに、そんな心境に至る——いや、至らされるなんて。

俺は兄貴と全然タイプが違うから、白露くんのように感じたことは一度もない。だからこそ余計に白露くんの胸中に思いを馳せている最中、ふと気づいた。

「青一くんは、スポーツ推薦が決まっていたんだよね。なのに、どうして浪人しているの？」

「怪我（けが）をしたんです。ちょうど一年前の、いまごろ」

部活のレギュラーにもなれない白露くんを小ばかにする。それが当時の、青一くんの日課だった。その日も、部屋でシューズを磨いている白露くんに、青一くんは言った。

――俺と違って先が見えているのに、バスケをして楽しい？

白露くんは受け流したが、両親が怒った。青一くんはそれを歯牙（しが）にもかけず、コンビニに出かけていった。

その道すがら、横断歩道で信号待ちをしているときに、車に突っ込まれた。

咄嗟（とっさ）に避けたので、右足首を骨折しただけで、命に別状はなかった。運転手も無事だった。

でも、スポーツ選手としては致命的な怪我だった。「選手としての復帰は絶望的」と医者に告げられたとき、青一くんは無理に笑いながらこう呟いた。

――天罰ってやつかもな。

正直、白露くんもそう思ってしまった。そのせいだろう、慰めの言葉は青一くんに届かなかった。両親の言葉も同様だ。沙也加さんが、文句を言いながらも様子を見にくるうちによりを戻していなかったら、青一くんはどうなっていたかわからない。

スポーツ推薦を取り消された青一くんは、大学を一般受験したものの全滅。もともと頭を使うことが苦手で、バスケでも戦術やサインなど、細かいことを覚えるのが苦手だったのだ。浪人することにはしたが、自分のやりたいことを見つけられないこともあって、勉強にまったく身が入らない。大学生になった沙也加さんは、歯がゆい思いでそれを見ている——。

「これがいまの、兄貴の状況です」

天罰。その一言を青一くんは、どんな気持ちで口にしたのだろう……。今度は青一くんの胸中に思いを馳せていると、雫が不思議そうに言った。

「ご事情はわかりましたが、バスケ漬けだった青一さんが、どうしてフィギュアを好きに？」

「受験に失敗して落ち込んでいる兄貴に、沙也加さんが『メイド・イン・アイドル』というアニメを薦(すす)めたんです。アイドルを目指す女の子たちのほのぼのとした日常を描いた話で、『観れば、少しは元気が出るだろう』って」

タイトルは、俺も聞いたことがある。深夜放送ながら、子どもにも大人気になったアニメだ。

「沙也加さんの狙いどおり、『メイド・イン・アイドル』を観た兄貴は少し元気になりました。そこまではよかったんですが、好きになりすぎて、フィギュアまで買い始めて。しかも、ほかのアニメのものまで。高校のとき、バスケ選手のフィギュアを買ったこともあるから、もともとそういうのが好きではあったんでしょうが」

話がつながった。

「見兼ねた沙也加さんが『もう買わない』と何度も誓わせたんですけど、兄貴はその度に約束を破ってきたんです。フィギュアに夢中で、予備校もさぼるようになりました」

「それで沙也加さんは怒って、人形慰霊にフィギュアを持ち込んだのか」

沙也加さんが言っていた「新しい目標」の意味がわかった。沙也加さんの行動は、過激だけれどやっぱり筋が通っている。でも白露くんは、首を横に振った。

「沙也加さんは、怒っただけで兄貴の大切なものを処分する人じゃない。なにか隠しているに違いないんだ。調べてもらえませんか」

口調は、相変わらず他人事のようだ。でも両手は、麦茶が入ったコップを割れんばかりに握りしめている。ガラスに押しつけられた指の腹が、小麦色の液体に透けて見えた。

妙に達観している子が、ここまで――だったら、気が済むまで――。

「調べてあげましょうよ、雫さん」

そう言いながら、俺は雫に顔を向けた。直後、反射的に身を引いてしまう。

いつの間にか参拝者向けの笑みが消え、表情が冷え冷えと凍てついていたからだ。

「どうして巫女さんは怒ってるんですか？」

「怒ってるわけじゃないんだ。ですよね、雫さん」

語りかけると、雫は弾かれたように顔を上げ、次の瞬間、唐突に愛くるしく微笑んだ。

「お話はわかりました。お引き受け致します」


「俺たちが夕拝の後で片山家にお邪魔して、青一くんと沙也加さんから話を聞く」ということで、白露くんは帰ることになった。

白露くんが社務所の戸口を閉めるなり、雫は思い詰めた顔で俺を見上げる。

「手伝ってください、壮馬さん」

「いつも手伝ってるじゃないですか。あんまり役に立ってませんけど」

冗談めかしても、雫は思い詰めた顔のまま「いつも以上にです」と縋(すが)りつくように言う。

「わたしは、男の人とおつき合いしたことがありませんから」


夕拝を終えた俺と雫は、相鉄(そうてつ)線の二俣川(ふたまたがわ)駅に向かった。元町・中華街駅からは、横浜駅乗り換えを挟んで三十分ほど。駅はショッピングモールに直結して、人でにぎわっていた。

日曜の夜だから、なおさらなのだろう。

南口から歩くこと六分。十階建てのマンションに着いた。片山家は、ここの八階にある。

雫の服装は、薄手の長袖シャツとロングスカート。色は、上下とも涼しげな青。下ろした髪がそよ風になびき、一見、避暑地のお嬢さまのようだ。

この子の私服は、いつもかわいい。

でもマンションを見上げる顔はいつになく硬く、両手はスカートをきつく握りしめていた。

雫が口にした言葉が蘇る。

——今回のご依頼は、恋人同士(カップル)の問題。ただでさえ他人の気持ちを理解するのが苦手な上に、恋愛経験がないわたしには不向きです。壮馬さんの協力が、絶対に必要です。

恋愛経験がないのか、この子。言い寄られたことがないとは思えないから、結構な奥手なのだろう。男が放っておくはずない。だって、冗談のような美少女だし、参拝者向けの笑顔は愛らしいし、頭はいいし、優しいし、まじめだし、ちょっとずれているところもかわいいし——。

横顔を見ていると「雫の好きなところ」が瞬時に次々と浮かび上がり、慌てて前を向いた。

片山家に行くと、白露くんの案内で、青一くんの部屋に通された。本棚にはバスケ雑誌が並び、壁にはバスケ部のユニフォームやタオルが飾られている。校名は、緑星（りょくせい）高校。神奈川県内で有名なスポーツ強豪校だ。白いタオルには、なぜか飾りのないクリスマスツリーのような刺繍（ししゅう）が施されていた。

それも気になったが、やはり目を奪われたのは部屋中に飾られたフィギュアだ。ミニチュアのように小さなサイズから、子どもが遊ぶ着せ替え人形のようなサイズまで、たくさんのフィギュアが、本棚や机、窓枠、果てはベッドの縁にまで、敷き詰めるように、所狭しと並べられている。どう見ても百体はあるだろう。

そのほとんどが、女の子の形を模したフィギュアだった。やたら胸が大きかったり、ふとももを出したりしている「お色気感」満載のフィギュアが目立つ。バスケ選手のフィギュアは三体だけで、部屋の隅で肩身が狭そうにしていた。

こういう趣味に偏見（へんけん）を持つつもりはないが、八畳ほどの部屋にこれだけひしめいていると、さすがに引く。

机に設置された棚の上には、やたらフリフリのついた服を着た、目が異様に大きく、髪をかき上げる仕草をしたフィギュアがあった。その向かって左隣は、なぜか不自然に空いている。

「やたらフリフリのついた服」と言っても、厳密には「その形を模したプラスチック」だ。埃(ほこり)が溜まりそうなデザインなのに、きれいなものだった。ほかのフィギュアも、こまめに手入れされていることが見て取れる。

綿棒でも使って、埃をこそぎ取っているのだろう。百体分のプラスチックをきれいにするには、何本の綿棒が必要なのか——漠然とそう考えたとき、ふと違和感を覚えた。なにかしっくり来ない……。この部屋全体のフィギュアが、なんだか……。その正体を見極める前に、ベッドに腰かけた沙也加さんが、不自然に空いた箇所を見ながら言った。

「そこにあったフィギュアを、私が源神社(そちら)に持ち込んだの。隣に残っているのが『メイド・イン・アイドル』のヒロイン。白露が話したらしいけど、青一に元気になってほしくて薦めたアニメのキャラクター。アニメはほとんど観ないけど、これだけはおもしろかったから。それが、こんなことになるなんてね」

沙也加さんが「こんなこと」と言いながらフィギュアを見回すと、青一くんは俯いてしまった。

雫が言う。

「人形慰霊の日のことを、教えていただけますか」

「たいして話すことはないんだけどね。まあ、あの子に頼まれたから」

「あの子」こと白露くんは、右手をポケットに突っ込み、窓辺の壁に寄りかかっている。

「一週間前のことだよ。青一は、一人で旅行に行っていたの。ご両親も温泉旅行で、白露は一人でお留守番。その白露も友だちと出かけるというから、青一の部屋を掃除してやろうと思ってお邪魔した」

「お家(うち)には、どうやって入ったのですか」

「合鍵をもらっている。両親公認の仲だから、私ら。でも部屋を覗いたら、またフィギュアが増えてるんだもん。あの瞬間キレた。あれだけ『もう買わない』と約束したのに」

「中古で買ったやつとか、もらいものが多いから、見た目ほど金は使ってない――」

「そういう問題じゃない！」

青一くんの言葉をたたき落とすようにぴしゃりと言ってから、沙也加さんは続ける。

「フィギュアを全部捨ててやろうかと思ったけど、さすがにかわいそうだから、目についたものだけにした。旅行の土産(みやげ)を買ってこないとわかっていたら、そんな同情しなかったけどさ」

「目的地を決めない電車の旅だったから、つい――」

「そんなことが言い訳になるか！」

またも沙也加さんにぴしゃりと言われた青一くんは、一回り小さくなってしまったようだった。

「沙也加さんがこのお部屋に来たのは、何時ごろでしょうか」

「そんなこと、いちいち覚えてないよ」

「……遅くとも、午後一時にはなっていなかったと思う」

青一くんが、遠慮がちに口を挟む。

「あの日、俺は十二時半すぎに『これから昼飯』と沙也加にＬＩＮＥを送ったんだけど、いつまで経っても既読にならなかったからね。あの時点でおかしいと思ったんだ。いつもなら、割とすぐ既読になるのに」

「そういえばそうだったね。めちゃくちゃ怒ってたから、ＬＩＮＥを見る気になれなかった」

「確かに、約束を破った俺が悪い。でも『片翼ちゃん』まで燃やさなくても。ほかの六体はともかく、あの子だけは……」

青一くんの気弱そうな両目が、机の棚の、不自然に空いた箇所に向けられた。

「イベントの抽選で当たった、世界に十体しかないフィギュアなのに……あ、見ます？」

なにも言っていないのに、青一くんは机から拾い上げた雑誌をめくって、俺たちに向けてきた。誌面には、右の背にだけ黒い翼をつけた、女の子のフィギュアが載っている。右脚を高々と掲げる一方で、左脚はアキレス腱を伸ばしているよう。両腕は胸の前でクロスさせつつ、右手の人差し指で金色の前髪をかき上げている。

実生活では絶対にやらないポーズだ。青一くんに「絶妙のバランス感覚でしょ。このアキレス腱の再現度が高いんだよなあ」と言われても、なんと返していいかわからない。

「この『片翼ちゃん』は、正式名称は『片翼の天使ちゃん』。『ダークエンジェル』の主人公です。最終回のラストで、堕天使になってしまった主人公が地獄から舞い戻ってきた姿で、本編には三秒しか出てこないんだけどフィギュア化を望む声が殺到し――」

「黙れ、このフィギュアオタク。坂本さんたちが困ってるだろうが」

「沙也加こそ黙ってくれ。これがきっかけで、フィギュアに興味を持ってくれるかもしれないだろう」

青一くんには悪いが、それは絶対にない。

雫が、不審そうに小首を傾げる。

「『片翼ちゃん』は、翼が一つだけという目立つ造形ですし、ポーズも独特です。いくら権禰宜が無関心でも、このフィギュアがほかと同じに見えるとは考えにくい。写真を撮らせてもらっていいですか、青一さん」

「構いませんけど」

雫は「片翼ちゃん」をスマホで撮影すると、写真を琴子さんに転送した。次いで、電話をかけながら部屋から出ていく。残された俺たちは顔を見合わせたが、雫はすぐに戻ってきた。

「権禰宜は、お預かりしたフィギュアはみんな同じに見えて数も覚えていないけれど、『置き方を工夫することなく、すべて神前に並べた』と言っていました。『右側がこんなに大きく出っ張っているフィギュアがあったら、そうはいかなかった。絶対になかった』とのこと。つまり『片翼ちゃん』は、当社で慰霊されていないことになります」

沙也加さんの顔が強ばっていく。雫の推理が正しいということだろう。

恋愛経験がないことなんて関係なく、今回の件も解決できそうだ。

「『片翼ちゃん』はどこにあるのですか、沙也加さん」

「どこと言われても……その……」

「転売したんだろ」

荒々しい声で吐き捨てたのは、青一くんだった。おどおどしていた目は据わり、傲然と顎を上げているので、小柄な体軀が一回り大きくなったように見える。ついさっきまでとは別人のような姿に戸惑っていると、白露くんが呟いた。

「ビーストが出た」

その一言が合図になったように、青一くんはベッドに腰かけた沙也加さんにまくし立てる。

「『片翼ちゃん』が金になると思って転売したんだろう。それをカモフラージュするために、ほかのフィギュアを神社に持ち込んだように見せかけたんだ。そのイヤリングが証拠だよ」

「はあ？　なに言ってるんだよ？」

語気は荒いが、沙也加さんは明らかにたじろいでいた。ビースト化した青一くんは、その隙（すき）を衝くようにイヤリングを指差す。

「どこで買ったか訊いたら『その辺で買った安物』と言ったよな。でも、つくりがいいから気になって調べたら高級品だった。『片翼ちゃん』を転売した金で買ったんだろう！」

沙也加さんは虚を衝かれたように目を白黒させたが、すぐに睨み返した。

「ああ、高級品だ。でも、自分で買ったんだよ」

「なら、どうして最初からそう言わなかった？」

「それは……」

言葉に詰まった沙也加さんは、開き直ったようにベッドから立ち上がる。

「ばれたら仕方がない。そうだよ。転売してやったんだよ。あんたのお気に入りを奪えて、私はアクセサリーを買える。一石二鳥だ！」

「どこに売った？　取り返してやる！」

「絶対に教えない。『片翼ちゃん』を手に入れてから、あんたのフィギュア好きが加熱した。あれが元凶（げんきょう）なんだからな！」

部屋中のフィギュアが震えんばかりの勢いで、二人は怒鳴り合う。

「これで解決ですね。白露くんの予想どおり、沙也加さんは『転売』という動機を隠していたんです。暴（あば）かない方がよかったかもしれませんけれど」

そうは言いつつも、謎を解いたからだろう。氷の素顔に戻った雫は、青一くんたちの怒鳴り合いには無頓着に、ほっとした様子だった。

……本当にこれが真相か？　「『片翼ちゃん』が慰霊されなかった」までは、雫の推理どおりだと思う。でもアクセサリーを買うために、カレシが大切にしているものを転売するか？

窓辺の白露くんを見る。自分の依頼のせいで青一くんたちが険悪（けんあく）になってしまったからだろう、眼差しこそ超然としているが、ポケットの中の右手に力がこもっていることが布越しでもわかった。

4

「あとは私らの問題だから口出ししないで」

沙也加さんの命令口調を受け、俺たちは青一くんの部屋を出た。玄関で白露くんが「転売なんて信じられない」と呟いたが、雫は「沙也加さんが認めてますから」の一言で受け流す。

でも俺も釈然としなくて、マンションを出てから口を開いた。

「白露くんもああ言っていたし、雫さんの推理は間違っている可能性もあるんじゃ……」

「根拠はあるのですか」

そう言われると、なにも返せない。

それからはほとんど会話がないまま、源神社に戻った。時刻は午後九時少し前。夜の闇に青く染まった境内は、暑さも幾分やわらぎ、静かだった。それでも、人影がいくつかある。そのうちの一つが「ちょうどよかった」と声を上げて近づいてくる。

佳奈さんだった。今日も、半袖シャツにショートパンツという身軽な服装だ。赤い髪は夜の色と混じり合い、紫がかっている。

「こんな時間にどうしたんです？」

「今日は夏期講習が休みだから、これを渡しにきたの」

一葉のはがきが差し出される。手水舎に掲げられた明かりの下に移動して見ると、暑中見舞いだった。

「郵便でいいじゃないですか」

「壮馬の反応を、直接見たかったんだよ」

万年筆で書かれたらしい文字は雫と同じくらい達筆で、ツバサ塾にあった短冊同様、各段落の冒頭がきっちり一文字下げられていた。でも佳奈さんが見たかったのは、文字ではなく、はがきの上半分を占める写真に対する俺の反応だろう。

ツバサ塾の前に集まった、子どもたちの写真だった。みんな、とてもいい笑顔だ。春海くんも、同世代の男子二人と肩を組んで笑っている。なんだか遠足か、修学旅行の写真みたいだ。「よろしいですか」と言う雫に、無言のままはがきを手渡す。

こんな写真を見せられると——ああ、また胸が——。

「子どもたちの笑顔を思い出した？」

締めつけられていた胸が、どきりとした。その音を聞き取ったかのように、佳奈さんはにっこり笑顔で俺を見上げる。

こんな楽しそうな佳奈さんは、再会してから初めて見た。

「神社をやめて、教育の道に戻った方がいいんじゃない？」

「……本当にお節介ですね」

氏子総会の日も似たようなことがあったな、と思いながら、佳奈さんの視線から逃れたくて雫の方を見遣る。

あの日と違って雫は、愛嬌のある顔をしつつ、微かに首を傾げていた。

……この前との違いはなんだ。

「坂本くんの言うとおりだよ」

その一言とともに、上水流さんが現れた。今夜は「浦安の舞」の稽古がある、と兄貴が言っていたっけ。

上水流さんは、氏子総会のときよりも頬がさらに瘦け、目の下のクマは黒さを増していた。雫の心を揺さぶる演奏をするため、必死に稽古しているのだろう。

やっぱり「隠れ熱血漢」だ。

「どなた？」という顔をする佳奈さんに、上水流さんのことを紹介し、春海くんの件とは無関係だったことも説明する。

「そうだったんだ。初めまして。遠野佳奈です」

「初めまして、上水流です。声が大きいので聞こえましたが、坂本くんにはこの神社に残ってもらいますよ。久遠さんが巫女舞に復帰するよう、説得してもらわないといけませんからね」

怪訝そうな佳奈さんに、雫が手短に事情を説明する。

「――そういうわけで上水流さんは、わたしが壮馬さんのことを好きで、言うことを聞くと思っているんです」

「え？　久遠さんってそうなの？」

「いいえ、ありえません」

アーモンド形の目を丸くする佳奈さんに、雫は参拝者向けの微笑みを浮かべて答えた。

……何度目だ、この言葉。

「誰になんと言われようと、いまのわたしには巫女舞をする資格はないんです」

雫に全否定された上水流さんは、軽く肩をすくめる。

「俺の神楽笛を聴いて義経公に許しを乞いたくなったのに、どうしていいかわからないんだろう。だったら、どこかの恋人同士(カップル)の仲を取り持ったらどうだ？　織姫と彦星の再会を願うように。それが、この神社の七夕祭りの目的なんだろう」

意味がわからなくて、俺は雫に訊ねる。

「七夕祭りは『短冊に書いた願いごとを叶えてほしい』とお祈りする祭りじゃないんですか」

「本来は違いましたし、短冊に願いごとを書くのは、日本だけの風習です。江戸時代、寺子屋で『字がうまくなるように』という願いを込めて書いたことから広まったと言われています」

なるほど。一年に一度会えるかどうかの瀬戸際にある織姫と彦星が人間の願いを叶えるなんて、おかしいと思っていたんだ。

「源神社の七夕祭りでは、本来の趣旨を重視して『織姫と彦星の再会を願うこと』を目的に掲げています。再会が実現すれば、二柱の神さまが幸せをおすそ分けしてくださり参拝者さまの願いが叶う、というお祭りなんです。織姫と彦星を『神さま』と扱うべきかには諸説ありますが、それぞれ、天八千々姫命、天御鉾命と同一視されることもありますから――壮馬さんにも、受け入れやすいお祭りかもしれませんね」

つけ加えられた一言に頷く。まず神さまありきなら「生きている人の都合で利用している」とは思わない。

上水流さんが言う。

「つまり参拝者に『織姫と彦星が再会できた』と思ってもらえる祭りにすることが、この神社に奉務する者の役割。これに倣（なら）い男女の仲立ちをする——要は縁結びに手を尽くせば、久遠さんは巫女の務めを果たしたことになる。すぐさま縁結びを成就させることは難しいだろうが、そうしようと心がけるだけでも、義経公は許してくださる。七夕祭りに間に合うぞ。なあ、坂本くん」

俺が頷けば、雫がこの論理を受け入れると思って同意を求めてきたのだろう。でも、

「理屈が強引すぎませんか？」

「久遠さんに巫女舞に復帰してもらうためには、強引な理屈なんていくらでも捻（ひね）り出してやる」

「気持ちはわかりますけど——」

「確かに源神社の巫女ならば、縁結びをすることも大切な役目かもしれませんね。身近に、仲立ちが必要な恋人同士（カップル）もいますし」

俺の声など聞こえていないかのように、雫は言った。顔つきは真剣そのものだ。あの理屈を受け入れたのか……いや、それより「身近」って？　まさか、俺と佳奈さんじゃないだろうな？　「ふり」でも佳奈さんとよりを戻せば、雫は巫女舞に復帰できるということか？

……だめだ。いくら雫のためとはいえ、さすがにそれは嫌だ。

「心がけだけで充分だと言ったのに、こいつは期待できそうだ」

鷹揚に腕組みする上水流さんとは対照的に、俺は暗澹たる気持ちになっていた。

「なんの話なの？」

佳奈さんが首を傾げる。我に返った俺は、「なんでもありませんよ」と応じながら気持ちを切り替えた。いまは雫より、白露くんのことを考えないと。

「なんだかわからないけど、久遠さんに縁結びなんてさせるべきじゃないよ。当事者にしかわからないことが、たくさんあるんだから」

「余計な口出しはしないでいただきたい。久遠さんに、巫女舞に復帰してもらうためなんだから」

上水流さんの反論に、佳奈さんは首を横に振る。

「そもそも本人が巫女舞をやりたくないと言っているのに、無理やり復帰させようとするのが間違ってる。それでも先生ですか？」

「それとこれとは話が別です」

「どう別なんですか？」

「雅楽を体験したものにしかわかりませんよ」

「か……佳奈さんと上水流さんの縁結びをしてもらうのがいいかもしれませんね」

ヒートアップしていくやり取りを抑えるため、俺は冗談めかして割って入った。直後、佳奈さんと上水流さんはそろって俺に顔を向け、同時に言う。

『よくない！』

声がぴったりそろっている。意外と気が合うんじゃないか、この二人？

草壁家に戻った俺たちは夕食を食べつつ、フィギュア慰霊を巡る顚末を報告した。

「話を聞くかぎりは解決だけど……」

俺と同じく、兄貴も釈然としない様子だ。でも雫は「解決です」と言い切ってお茶をすする。

居間に漂いかけた沈黙を破ったのは、琴子さんだった。

「雫ちゃんの推理は間違ってるんじゃない？」

「根拠はあるのですか」

俺にしたのと同じ質問だった。琴子さんもなにも返せないだろう、と思ったら「あるよ」と、猫を思わせる目を光らせて言い切る。

「勘！」

そんなことを、自信満々に言われても……。雫も、湯飲みを手にしたまま動きがとまっている。

でも兄貴は、深く感じ入ったように言った。

「そういうことなら、調べ直した方がいいかもしれないよ。琴子さんの勘は当たるんだ。僕のことも、一目見ただけで将来の結婚相手だとわかったらしい」

「栄ちゃんの方は、私と三回会うまでわからなかったみたいだけどね」

「僕としたことが不覚だったよ」

琴子さんはよく兄貴と結婚してくれたものだ、と思ったけれど、間違いだった。琴子さんも、兄貴に負けず劣らず訳がわからない！

俺は唖然としてしまったが、雫は感嘆の吐息とともに「なるほど」と呟いた。

「なにを納得してるんです？」

訊ねても、雫は上の空で、まともな返事はなかった。

夜十一時。部屋に戻った俺は、布団で悶々としていた。

琴子さんの勘はともかく、「片翼ちゃん」が転売されたとは思えない。なんとか雫を動かす方法はないか？　動かせたところで、沙也加さんに「口出ししないで」と言われているが……。

「壮馬さん、起きてらっしゃいますか」

「はい」と応じると、一拍の間を置いて襖が開かれ、雫が入ってきた。

「遅くにすみません。どうしても、今夜中にお話ししたくて」

「どうしたんですか」

「上水流さんがおっしゃっていたとおり、源神社の巫女ならば、男女の縁結びをすることも大切な役目です。それにもかかわらず、わたしは沙也加さんたちが喧嘩する原因をつくってしまいました。巫女として、あってはならないことです」

「身近」な恋人同士（カップル）は、俺と佳奈さんではなく、沙也加さんたちのことだったのか。とりあえずは安心する。

「転売が真相だとは思いますが、琴子さんの勘を信じて、もう少し調べてみようと思います。沙也加さんに、源神社（こちら）にフィギュアを持ち込むまでのことを、もう少し詳しく訊いてみたいです。力を貸してください」

「もちろんいいですけど、沙也加さんから『口出ししないで』と言われてしまいましたよね」

「謎解きではなく、恋愛相談のふりをすれば話を聞けるはず。だから壮馬さんに、カレシのふりをしてほしいんです」

「わかりまし……え？」

冷え冷えとした声音で告げられた言葉を、頭の中でもう一度再生する。

その意味を理解するのに、かなりの時間が必要だった。


翌日。月曜日。

白露くんに連絡してもらい、夕方、沙也加さんに会うことになった。夕拝を終え、着替えた俺たちは、待ち合わせ場所である元町ショッピングストリートのカフェに向かう。

街を茜色に染める陽射しは、ここ数日の中では一番やわらかだ。雫の服装は、白いワンピース。柄もなくデザインもシンプルだが、ウエストに巻いた黒いリボンがアクセントになっている。腰のくびれが強調されて、いつもより少しだけ色っぽい。

嫌いな相手に、恋人のふりなんてさせないだろう。上水流さんの言うとおり、もしかして雫も俺のことを……。いまはそうじゃなくても、「ふり」を続けているうちに少しずつ影響されて……。いかん、いまは雫より白露くんのことを考えないと……。

自分に言い聞かせていると、その白露くんが前方から歩いてきた。長身で、中二とは思えない大人びた顔立ちは、夏休みの夕方で人通りが多い元町でも目立つ。今日もだぶだぶのカーゴパンツを穿いて、右手をポケットに入れている。

白露くんには、俺たちが恋人のふりをすることは話してある。

「芝居までさせてしまって、すみません。これから沙也加さんに会うんですよね。あんまりしつこく訊くとあの人は怒るだろうから、これが最後のチャンスかもしれない。だから、俺も情報を持ってきました」

最後のチャンス、と言う割に相変わらず醒めた口調で、白露くんは言う。

「沙也加さんが兄貴に薦めた『メイド・イン・アイドル』は、新シリーズになったら絵柄や設定が変わって、全然人気がなくなりました。旧シリーズのグッズにプレミアがついているくらいです。自分がそんなアニメを薦めたせいで兄貴がフィギュアにハマったことが、沙也加さんは余計に許せないいんだと思います。兄貴の部屋に飾られていた白いタオルを見ましたか？」

話の流れからずれた、唐突な質問が飛んできた。意図がわからなかったが、俺は頷く。

「クリスマスツリーが刺繍されていたやつだよね」

「あれはツリーじゃない。学校の名前をモチーフにした『緑の星』なんです」

緑星高校だからか。どう見ても、星ではなかったが。

……なにが言いたいんだ、白露くん？　疑問が顔に出てしまう俺に、白露くんは続ける。

「兄貴のために、沙也加さんが縫ったんです。試しに俺も縫ってみたら、もっと上手にできました。俺は手先がめちゃくちゃ器用なんだけど、それを差し引いてもひどかった。びっくりするくらい不器用なんですよ、沙也加さんは。

それは、手先にかぎった話じゃないかもしれない。理由があって『片翼ちゃん』を処分したのに、本当のことを言えなくて、転売だと言い張っているのかもしれない。『メイド・イン・アイドル』のせいでいらいらしていたから、なおさら」

言いたいことが、やっとわかった。

「お願いします、巫女さん。本当の理由を見つけてください。兄貴は、沙也加さんと怒鳴り合っていたときはビーストだったけど、いまは『増長していた報いで、また新しい天罰が下ったのかもしれない』と落ち込んでいる。でも、こんな天罰まであっていいはずないんだ」

天罰、と口にした瞬間、ポケットに入れた白露くんの右手に力がこもったことが見て取れた。

「これで巫女さんが『転売』と結論づけるなら、さすがにあきらめます。なるようにしかなりませんから」と言う白露くんと別れ、待ち合わせのカフェまで行く。俺がドアを開けようとする寸前だった。

雫が、手を握ってきた。

「……な、なんですか」

「恋人とは、手をつなぐものでしょう」

俺を見上げる雫の表情は、いつものとおり冷たい。そのせいで、余計に手のぬくもりを感じる。「そうとはかぎりませんよ」という正論を呑み込み、手をつないだままカフェに入った。

アンティーク調の店内は、静かで落ち着いていた。約束の時間より早かったが、沙也加さんはもう奥の席に座っている。今日は十字架のイヤリングは耳にない。さすがにもう、つける気にはなれないのだろう。俺たちが向かいの席に座るなり、沙也加さんは切り出した。

「白露から『恋愛相談したいらしい』と聞いたから来たけど、正直びっくりしてる。あなたたち、全然つき合っているような感じじゃなかったのに」

「まだつき合い始めたばかりですから、わたしたち――ね？」

「ね？」は、俺に向けられた言葉だった。気づかれないように息を吸い込んでから、俺は応じる。

「そうだな、雫」

最初で最後のチャンスかもしれないので、すべてを投げ出す思いで呼び捨てにした。雫は俺の手を握ったまま、にっこり微笑む。

幸せすぎる……っ！

「……坂本さんのでれでれ顔を見ると、本当につき合い始めたばっかりみたいだね」

頬が緩みすぎてすぐには返事をできない俺をよそに、雫は「はい」とにっこり微笑んだまま頷いた。

「この先、彼が変な趣味に走ったり、喧嘩したりしたときにどうしたらいいか、参考にしたくてお話を聞きにきました。周りには、そういうことを相談できる人がいないんです」

雫の言葉に、沙也加さんは訝しそうにしながらも「まあ、構わないけど」と頷いた。

怪我をした青一くんを放っておけなかったことといい、世話焼きなところがあるらしい。

ウエイターがコーヒーを運んでくるまで、雑談で場の空気をやわらげてから、雫は切り出す。

「沙也加さんが、青一さんのフィギュア集めを許せなかったことはわかります。でも転売がばれたら、彼と別れることになるかもしれないとは思わなかったのですか」

「全然。昨日、青一は『お前の顔はしばらく見たくない！』なんて言ってたけど、すぐに頭が冷えるでしょ。私がいなかったら生きていけないんだから」

断言する沙也加さんには、一片の迷いもなさそうだった。

「『片翼ちゃん』以外のフィギュアは、どうやって選んだのでしょう」

「適当。だから、転売がばれるとは思わなかった。あ、巫女さんを責めてるわけじゃないよ」

慌ててフォローする沙也加さんを首肯で受け流し、雫は続ける。

「どうして人形のご慰霊に、当社を選んだのでしょうか」

「こう言っちゃなんだけど、こだわりがあったわけじゃないの。スマホで『人形供養　二俣川』で検索したら、たまたまそちらの偉い人がインタビューを受けているサイトを見つけたんだよ。元町なら二俣川から近いし、お願いすることにした」

雫がスマホを取り出して、沙也加さんと同じ言葉で検索する。検索結果の上の方に、兄貴のインタビューを掲載したサイトが表示された。リンクをクリックすると、さわやかな笑顔がディスプレイに映し出される。写真の下には「フィギュアに興味がない妻には『そんなことできるの？』と言われました（笑）」という見出し。

「『琴子さんへの愛を語ったのに、全部カットされてしまった』と嘆く兄貴」という、どうでもいい姿を思い出してしまった。

「そうですか。このサイトを見て……」

スマホを握る雫の面持ちは、無表情に戻っていた。沙也加さんが、わずかに身を乗り出す。

「これ、本当に恋愛相談なの？　昨日の続きとしか思えないんだけど？」

雫が固まる。「恋人のふり」なんて慣れないことをしているせいで、咄嗟に言い訳が思いつかないようだ。沙也加さんの眉間にしわが寄っていく。

「やっぱり。私らの問題だから口出ししないで、と言ったよね？」

──仕方がない。

俺は雫の肩をつかんで、きつく抱き寄せる。

「本当に恋愛相談ですよ。この子、ちょっとずれてるから。すみません」

快活に笑ってみせたが、肝は凍りついていた。

前に似たようなことをしたときのように、後で「不愉快」と言われるに違いない。

カフェを出て、沙也加さんと別れた。癖の強い髪は、人混みに紛れてすぐに見えなくなる。

「不愉快」という言葉が飛んでくる……！　あのときの雫は熱を出して寝込んでいたから まだよかったけれど、今回は容赦なく……！

身構えたが、雫は「フォローありがとうございます」と頭を下げただけだった。

「たいしたことでは……。それより、新しい手がかりはありませんでしたね」

拍子抜けしつつ応じると、雫は首を横に振った。

「昨日は聞けなかったことを聞けましたし、青一さんの話と合わせれば、なにかわかるかもしれません」

この後で青一くんに源神社に来てもらい、沙也加さんが持ち出した全フィギュアの写真を、琴子さんに見せてもらうことになっている。本当に「片翼ちゃん」はなかったのか、ほかに慰霊されなかった――つまりは転売されたフィギュアはないか、確認するためだ。

ちなみに、沙也加さんにばらされては困るので、俺たちは青一くんの前でも恋人同士(カップル)のふりをする。琴子さんにも、そのことは話してある。

「なに、そのおもしろシチュエーション？」と大笑いされたことは言うまでもない。


午後八時。源神社の居間にて。

「『片翼ちゃん』以外は、十体集めた『三〇〇円シリーズ』のうちの六体。はっきり言って安物だから、沙也加が転売したとは考えにくい。でも、あの子たちがちゃんと神社に持ち込まれたのか知りたい。だから来ました」

熱い思いのこもった言葉とともに、青一くんはリュックからタブレットPCを取り出した。いくら琴子さんがフィギュアに無関心でも、写真を見せられれば慰霊したかどうかはわかるはず。全部は無理でも三つか四つくらいは……と、期待したのだが。

「全然わからないね」

タブレットPCに表示された写真を見終えた琴子さんは、首をあっさり横に振った。

琴子さんと青一くんは、座卓を挟んで向かい合っている。俺と雫は、横からそれを眺める形で座っていた。

「『片翼ちゃん』というのは、大きな翼が生えてるからわかるよ。でも、あとはどれも同じにしか見えないなあ」

青一くんは愕然(がくぜん)としたが、すぐに我に返ってタブレットPCを操作する。

「こ……この子とこの子は全然違うでしょう！」

座卓越しに琴子さんに見せたのは、二体のフィギュアの写真だった。片方が、黒いウェディングドレスを着たロングヘアーの女の子。もう片方は、濃紺のセーラー服を改造したような服を着た、ショートカットの女の子。俺の目には区別がつくが。

「髪の長さが違うとは思うけど、どっちも黒っぽい服だからほとんどわからない」

琴子さんは、予想どおりの答えを口にした。身長の割に分厚い青一くんの肩が震え始めたが、琴子さんは無頓着に言う。

「だいたい、なんで小学生女子のフィギュアばっかりなの？」

「あなたに見せたのは、全部女子高生のキャラクターだ！」

「え？　こんな幼児体型なのに？」

青一くんには悪いが、俺も驚いていた。頭身が低い上に、目がやけに大きいので、童女にしか見えない。

「幼児体型に見えるのは、適度にデフォルメされているからです。見てください、このスカートから伸びる大腿二頭筋！　華奢なようでいて健康的で、ほれぼれするでしょう。上腕二頭筋と三頭筋の組み合わせもすばらしい。伸びた背筋からは、服の下の脊柱起立筋が透けて――」

マニアックな話が始まったが、琴子さんは「ふーん」の一言で済ませてしまった。青一くんの丸い目が潤み出す。

「なんで感動しないんですかっ？」

「興味ないからね。『女の子にちょっと似せたプラスチックの塊』くらいにしか見えないわ」

「この黒いウェディングドレスも『プラスチックの塊』にしか見えないとでも？　こんな

にリアルなのに？」

「プラスチックで表現するくらいなら、布でつくればいいじゃん」

「布はすぐ傷むから塗料やフォルムで表現する、それがフィギュアの真髄なんだ！」

「そうなんだ。まあ、わかる人にわかればいいんじゃない？」

琴子さんが、ここまでフィギュアに無関心だとは思わなかった。結局、確定した情報は『片翼ちゃん』がなかった」だけだ。新たな手がかりはまったくない。

雫もさすがに予想外だったのか、青一くんがいるにもかかわらず、顔から愛嬌が消えている。

「……人様の趣味を、ここまで否定するなんて」

青一くんの目つきが急速に険を帯び、顎が傲然と持ち上がっていく。またビーストになるか？　俺は咄嗟に身構えたが、琴子さんは「否定なんてしてないよ」と心外そうに首を振った。

「私がこれだけ興味がないと言ってるのに、君は熱く語っている。本当に好きなんだね。私には理解できないけど、フィギュアには人を夢中にさせる力があるということはよくわかったよ」

琴子さんが優しく微笑む。それを見た途端、青一くんの目つきが、今度はみるみる柔和になっていった。

「ご……権禰宜さん！」

感激のあまり立ち上がる青一くん。

そこに、雫が飛びかかった。

誰一人、声を上げることもできないでいるうちに、雫は青一くんの腕を捻り上げ、畳に組み伏せてしまう。そういえばこの子は、合気道をやっていたんだった……って。

「なにをしてるんですか！」

泡を食った俺は、芝居中であることも忘れて叫んだ。

「琴子さんに危害を加えようとしたので、とめたんです」

「俺は感動しただけだ。放してくれ！」

「どう見てもそうだったよ、雫ちゃん。いきなり暴力なんて、らしくないね」

「申し訳ありません」

雫は表情を変えぬまま、青一くんから手を放した。手がかりが全然なくて、いらいらしているのか？　心配になったが、

「琴子さんは、写真が得意ですよね。合成写真はつくれますか？」

雫から、唐突な一言が告げられた。

5

翌日。火曜日の午後。

兄貴に長めの昼休みをもらった俺と雫は、青一くんの部屋を訪れた。部屋の真ん中に立つ青一くんと、ベッドに腰を下ろす沙也加さんは、互いに目を合わせようとすらしない。そんな二人を、窓辺の白露くんは見るともなしに眺めていた。

淡い緑のワンピースを着た雫が、「お集まりいただき、ありがとうございます」と一礼する。謎解きの始まりだ。昨日の夜、青一くんが帰った後で琴子さんがつくった合成写真を見て、真相にたどり着いたらしい。

どんな真相か訊ねたが、「白露くんたちと一緒にお聞きになればよろしいのでは」と言われてしまったので、俺はなにも知らない。

「一昨日、わたしは間違った推理をしてしまいました。沙也加さんが『片翼ちゃん』を持ち出した理由は、転売ではなかったんです」

「やっぱり恋愛相談なんて嘘だったんだね」

「はい。坂本とつき合っているというのも嘘です」

雫が沙也加さんに頷き、恋人のふりはあっけなく終わった。

雫自身にも推理にも、ほとんど影響がなかった……。

「そんな嘘までついてご苦労さまだけど、私は転売したんだよ」

「それだと説明がつかないことがあります。『片翼ちゃん』以外の六体のフィギュアは『三〇〇円シリーズ』という安いものを選んでますよね」

「さあ？　適当に選んだから知らないね」

「お昼ご飯を食べているときにＬＩＮＥが既読にならなかったことから、沙也加さんは午後一時の時点では増えすぎたフィギュアに怒っていたのだろう、と青一さんが言っています。でも、当社に依頼の電話をくださったのは午後二時半。少なくとも、怒ってから一時間半はかかったことになる。適当に選んだにしては、時間がかかりすぎています」

人形慰霊の日の、午後三時半。雫は「一時間ほど前、お電話をいただいた」と言っていた。

「人形を処分してくれる神社をさがすのに時間がかかっただけ」

「ネットで検索すると、当社の宮司のインタビューが上の方に出てきますが」

「……いまはそうかもしれないけど、あの日は違ったんだよ」

語勢が弱くなった沙也加さんに、雫は続ける。

「本当に適当に選んだなら、六体すべて『三〇〇円シリーズ』になるとも考えにくいんです。青一さんは、このシリーズのフィギュアを十体持っていました。仮にこの部屋にフィギュアが百体あったとして、この十体のうちの六体を選ぶ確率は、五六七万六四四〇分の一。〇・〇〇〇〇一八パーセントしかありません」

「私はそういう引きが強いんだよ！」

「それよりは、安いフィギュアがどれかを調べ、選んだと考えた方が腑に落ちます。沙也加さんは『メイド・イン・アイドル』くらいしかアニメを知らないので、調べるのに手間取った。だから当社に依頼するまで一時間半以上かかったんです。ＬＩＮＥが既読にならなかったのは、怒っていたからではなく、調べることに手一杯だったからでしょう」

沙也加さんが答える前に、雫は、机に設置された棚に目を向けた。

「あそこに『メイド・イン・アイドル』のフィギュアが残っていることも、転売が嘘である傍証(ぼうしょう)です。あのアニメは、前のシリーズのグッズにプレミアがついているそうですね。お金がほしいなら、『片翼ちゃん』と一緒に転売するはず。このアニメを青一さんに薦めた自分を許せないそうですから、なおさらです」

沙也加さんはベッドに腰を下ろしたまま、雫を睨み上げることしかできない。その沙也加さんを「信じられない」といった顔で見つめながら、青一くんが呟くように言う。

「転売じゃないなら、沙也加はどうして『片翼ちゃん』を？」

「権禰宜は、沙也加さんから慰霊を依頼されたフィギュアの一つが、白い服を着ていたと言っていました。素材を確認するため脱がせようとしたそうですから、『白い服』はプラスチックで模したものではなく、本物の布だったことになる。調べたところ、布でつくられたフィギュアの服もあることはあります。でも青一さんは、それをよしとはしていない。昨日、権禰宜に言いましたものね。『布はすぐ傷むから塗料やフォルムで表現する、それがフィギュアの真髄』と」

「はい。だから俺は、布の服を着たフィギュアは持ってません」

その一言で、一昨日、ここで抱いた違和感の正体に気づいた。

青一くんのフィギュアには、布の服を着たものは一つもない。だから俺は、百体分のプラスチックをきれいにするには綿棒が何本必要なのかなんて考えた。なのに琴子さんは、フィギュアの服を脱がせようとしたと言っていた。その差異が、違和感になったんだ。

「つまり権禰宜が慰霊したフィギュアには、沙也加さんに布の服を着せられたものがあったということ。権禰宜がこの服を脱がせようとしたら、沙也加さんはとめたそうです。だからわたしは、服の下に見られては困るものがあったと考えました」

雫がスマホを掲げる。ディスプレイには、琴子さんがつくった合成写真が映っている。

昨夜、雫が琴子さんに頼んだのだ。

「片翼ちゃん」に白い服を着せた合成写真をつくってほしい、と。

急いでつくったので、「片翼ちゃん」に白い服を重ねただけでクオリティーは低い。合成であることは一目でわかる。でも、それより注目すべきは。

「翼がないっ！」

青一くんが叫んだとおり、この合成写真には「片翼ちゃん」の特徴である「右にだけ生えた翼」がない。

「そうです。権禰宜は、この写真のフィギュアには見覚えがあると言っていました」

ということは。

「『片翼ちゃん』の翼は折れていた。沙也加さんはそれを隠すため、服を着せたんです」

ふらりと傾く青一くんの身体を、俺は慌てて支えた。

「そんな……翼は『片翼ちゃん』の命なのに……」

譫言（うわごと）のように呟く様を見ると、「大袈裟な」という思いは失せてしまう。

「翼が折れたフィギュアを見た沙也加さんは、こんな風に考えたのだと思います。

世界に十体しかないフィギュアがこわされたと知ったら、青一さんは必ずビーストになる。そこで『フィギュアを買わないという約束を破った』ことを口実に、『片翼ちゃん』を処分することにしたんです。これなら翼が折れたことは隠せるし、青一さんも後ろめたいからビーストにならない。

最初は、単に捨てようとしたのかもしれません。でも、それではフィギュアがかわいそうだから慰霊してもらうことにしました。『片翼ちゃん』だけを慰霊しては青一さんに怪しまれるかもしれないので、いざとなったら弁償できる安いフィギュアも一緒に持ち出した。服を着せたのは、誰かに折れた翼を見られたら、青一さんに伝わってしまうかもしれないから。

ここまで準備したところで、人形慰霊をしてくれるところをさがし、当社を見つけたのでしょう。沙也加さんからすれば、アニメの情報サイトでそういう方面の知識を披露した宮司がいたら厄介だったはず。でも宮司は講演で留守で、フィギュアに詳しくない妻——権禰宜に慰霊を担当してもらえそう。だから『今日がいい』と言い張ったんです」

あの日、兄貴が講演することは、観光協会のウェブサイトで告知されていた。

沙也加さんは奥歯を嚙みしめる。雫の推理が、今度こそ正しいことは明らかだ。でも青一くんは、転売以上に怒るんじゃないか？

「『片翼ちゃん』をこわしただけでも許せないのに、それを隠すとはな！」

案の定、両目をつり上げた青一くんは、俺の手を振り払って沙也加さんに迫った。

これだと、一昨日の二の舞じゃないか？　目で問うと、雫はやわらかな笑顔で言った。

「落ち着いてください。わたしは『片翼ちゃん』をこわしたのが沙也加さんとは言ってません」

雫が述べた推理を、猛スピードで思い返してみる。

確かに言ってない！

青一くんが呆気に取られ、沙也加さんが眉間にしわを寄せる中、雫は、クリスマスツリーにしか見えない「緑の星」が縫われたタオルに目を向けた。

「白露くんから聞いたのですが、沙也加さんは不器用だそうですね。『片翼ちゃん』の服はつくれなかったはず。時間はなかったし、ポーズも複雑だから、なおさらです」

そうなると。

「『片翼ちゃん』の服をつくったのは白露くんです。手先が器用だから、急げば最低限のものはつくれたはず」

雫は、窓際の白露くんを見据えて告げる。

「それだけではない。『片翼ちゃん』をこわしたのは白露くん。沙也加さんは、かばおうとしただけなんですよね」

壁に背を預けた白露くんは、右手をポケットに入れたまま微動だにしない。そのことに戸惑いながら、俺は「待ってください！」と雫をとめた。

「沙也加さんがこわして、白露くんが服だけつくったとも考えられますよ」

「それだと、白露くんは沙也加さんをかばっておきながら、わたしに真相解明を依頼したことになる。行動が矛盾しています」

「かばってもらった白露くんが依頼するのだって、矛盾しているじゃないですか」

「『片翼ちゃん』をこわしたことは隠したいけれど、良心の呵責を覚えた。そんなところではないでしょうか」

「私がこわしたんだよ。巫女さんの言ってることは間違い――」

「もういいよ、沙也加さん」

ベッドから立ち上がる沙也加さんを、白露くんは他人事のような声で制した。そのままの口調で「巫女さんの言うとおりだ」と頷く。

「あの日、兄貴の部屋にバスケ雑誌を借りにいったら、うっかり『片翼ちゃん』をこわしてしまった。そこに沙也加さんが、差し入れを持ってきてくれたんだ。折れた翼を見て驚いていたよ。俺は『なるようにしかならない』と言ったけど、沙也加さんは兄貴がビーストになって、俺にキレると心配した。だから兄貴が約束を破ったことに怒ったふりをして、

『片翼ちゃん』を神社で処分してもらうと言ってくれた。それで片はついたけど、落ち着かなかった。兄貴には天罰が下ったのに、俺にはなにもないことが」

天罰。白露くんがその一言を口にした瞬間、昨日同様、ポケットの中の右手に力がこもったことが見て取れた。

「だから沙也加さんに断った上で、巫女さんに謎解きを依頼することにした。

俺がこわしたと見抜かれないなら、それでよし。見抜かれたら、天罰だと思って受け入れる。

それくらいしないと、自分を許せなかった。できる範囲でヒントも出した。『メイド・イン・アイドル』の前シリーズのグッズにプレミアがついたこととか、沙也加さんは不器用なこととか、俺は器用なこととかね」

白露くんは視線で、沙也加さんの耳を指し示す。

「あのイヤリングは、お礼で買った。高かったけど、気を遣わせたくなくて沙也加さんには安物だと言っておいたんだ。そのせいで転売だと思われて、却って迷惑をかけてしまった」

そんなプレゼントをするなんて。本当に中学生らしくない。

「それに関しては、わたしのミスです。心からお詫びします」

きれいなお辞儀をする雫からは、愛嬌が消え失せていた。豹変に、白露くんたちは一斉に戸惑う。それに気づいていないのか、雫はそのままの表情で「でも」と言葉を継ぐ。

「天罰とは関係なく、裁いてくれる神さまはいますよ――ここに」

雫は小さな手を重ねると、自分の胸にそっと当てた。

「自分の心に自分の行いが正しかったかどうか訊ねて、『正しくなかった』という答えが返ってきたのなら、するべきことをすればいい。わたしは、そう思って生きてきました。『正しくなかった』と思う必要がないことにまで責任を感じて、空回りしたこともありますけれど」

「空回りしたこと」がお姉さんの死であることが、俺にはわかった。

俺の嘘を信じているんだ。だからこんな、冷たいけれど、かなしみや苦しみのない安らかな顔をしている――。

雫の言葉が上辺だけのものでないと伝わったのだろう。白露くんの目つきが、はっきりと変わった。達観したような眼差しは消え失せ、瞳が揺れ動く。ポケットの中の右手にはさらに力がこもり、指の形が布に浮かび上がる。

白露くんは覚悟を決めたように一度目を閉じると、右手をポケットからゆっくりと引き抜いた。握りしめていたものが、青一くんに差し出される。

それは、折れた翼だった。

ポケットの中に、ずっと入れていたんだ。

「俺が兄貴の大事なフィギュアをこわしました。しかも沙也加さんを巻き込んでしまいました。ごめんなさい」

深々と頭を下げる白露くんの声は、熱と震えを帯びていた。これまでの大人びた雰囲気とは全然違う。まだ中学生なんだ。

こういう姿も見せてくれた方が、絶対にいい。

「私も『ごめんなさい』だ。『片翼ちゃん』がこわれたことを隠したのは、白露をかばうためだけじゃない。青一に、目を覚ましてほしい気持ちもあったからなの。フィギュアに夢中すぎて、新しい目標を見つけていないから。要は、八つ当たりだ。その自覚があったから後ろめたくて、白露が巫女さんに依頼すると言い出したときにとめなかったんだよ」

沙也加さんが言っても、青一くんは折れた翼を見下ろしたまま動かない。ビーストになる――！　室内の空気が緊迫していったが。

「俺も『ごめんなさい』だよ。フィギュアにハマった本当の理由を話していたら、こんなことにはならなかった」

青一くんは、照れくさそうに言った。

「実は俺、フィギュアの原型師になりたくてさ」

聞き慣れない単語を皮切りに、青一くんは夢中で語り出す。

フィギュアの基本となるフォルムをつくる人のことを「原型師」という。フォルムをつくるだけの人もいれば、塗装まで手がける人もいる。制作方法も、パテや粘土(ねんど)を使った手作業、CGを駆使(くし)したデジタルなどさまざま。仕事の形態も、会社員やフリーランスなど人それぞれ――。

初めて知る仕事だったが、雫は「そうだと思いました」と言った。俺だけでなく、青一くんも驚きの声を上げる。

「誰にも話したことがないのに、どうして巫女さんが？」

「最初に気になったのは、『片翼ちゃん』について坂本に『絶妙のバランス感覚』『アキレス腱の再現度が高い』と語ったことです。ほめるところがマニアックすぎると思いました。加えて、権禰宜に筋肉の部位を連呼しましたよね。バスケをやっていたときの青一さんは細かいことを覚えるのが苦手だったそうですから、フィギュアにハマってから得た知識。単にフィギュアを集めるだけでなく、つくり手に回りたくて人体の研究をしているのではと考えました。先日の旅行も、フィギュア絡みだったのではありませんか」

「そうです。フリーランスで活動している原型師に、話を聞きにいきました。だから行き先は曖昧にしておいた。お土産を買い忘れたのは、原型師の話に夢中になりすぎたから」

青一くんは、部屋中にひしめくフィギュアたちを、愛おしそうに見回す。

「沙也加のおかげで、確かに俺は立ち直った。でも、その沙也加にひどいことを言った後悔はずっと消えなかった。沙也加だけじゃない、白露にも、チームメートにも。

そんなときに俺を癒やしてくれたのが、フィギュアだ。

最初は軽い気持ちで買ったんだけど、眺めているうちに、心が穏やかになっていることに気づいた。『片翼ちゃん』のすばらしさを目の当たりにした瞬間は、胸が高鳴って、パワーが湧いてくるのを感じた。だから思ったんだ。

自分もこういうものをつくりたい、と。

それで研究のために、集めまくるようになった」

「新しい目標を、見つけていたのか……」

沙也加さんはぽつりと呟いた後、一転して叫ぶように言う。

「なんでそれを私に言わなかったんだよ？」

「原型師になれるかわからなかったし、応援してもらえないと思って……」

「するに決まってるだろうがっ！」

青一くん以上のビーストになって、沙也加さんは飛びかかるように抱きついた。バランスを崩しかけた青一くんだったけれど、なんとか踏ん張って沙也加さんを抱き返す。

「人のいないところでやってくれ」

呟く白露くんの声音は、年齢不相応に達観したものへと戻っている。でも口許には、年齢相応の笑みが浮かんでいた。

それを見ているうちに、俺の胸は締めつけられていく。

佳奈さんがこの場にいたら、またなにか言われるかもしれない——。

＊

その日の夕食後。俺は台所で、琴子さんと食器を片づけていた。今夜は、俺たちの当番だ。

フィギュア慰霊の顚末は、食事中に報告してある。琴子さんが洗い終えた食器を拭きながら、俺は言った。

「琴子さんの勘が当たりましたね。なんの根拠もなかったのに、すごいです」

「根拠ならさっき、壮ちゃんたちの話を聞いているうちに気づいたよ」

スポンジを動かす手をとめないまま、軽い調子で琴子さんは言った。

「青一くんは、沙也加さんが高価なイヤリングを手に入れても、浮気を少しも疑わなかった。沙也加さんも、お土産を買ってこなかった青一くんの浮気を疑っていない。二人は信頼し合っている。だから、転売は考えられない」

「なるほど——って、そういうことは先に言ってくださいよ」

「さっき気づいたんだってば。私は直感重視で生きてるから、根拠に後から気づくの。雫ちゃんのような名探偵にはなれないね」

琴子さんはからから笑う。

やっぱりこの人も、兄貴と同じく訳がわからない。「そういうものですか」と苦笑いする俺に、琴子さんは猫を思わせる目を向けた。

「壮ちゃんと雫ちゃんの関係にも、勘が働いてるよ。このままだと——」


食器を片づけた俺は、風呂上がりの雫と居間でお茶を飲んでいた。琴子さんは風呂、兄貴は七夕祭りの問い合わせの電話を受け、はずしている。

「雫さんのおかげで、青一くんと沙也加さんが仲直りしたんです。上水流さんが言う『巫女のあるべき姿』を取り戻したんじゃありませんか。義経公にも許してもらえたのでは?」

さぐるように言う俺に、雫は首をきっぱりと横に振った。

「琴子さんの勘がなければ、わたしは転売が真相だと思ってましたから」

「琴子さんの勘を信じて動いたんだから、いいでしょう」

「信じたきっかけは、壮馬さんです」

湯飲みに伸ばしかけた手がとまった。

「壮馬さんが、わたしの推理が間違っているかもしれないと言ってくれたから、琴子さんの勘を信じる気になったんです。ありがとうございます。今回も助けられました」

雫は大きな瞳で、俺をじっと見つめる。眼差しは凍てついているのに、心の中に陽が射し込んでくるようだった。

やっぱり、この子と一緒にいたい。

「ありえない」と連呼されているけれど、恋人のふりまでしたんだ。全然脈がないわけではないんじゃないか？　でも白露くんを動かした、あの安らかな顔を思うと……嘘がばれるくらいだったら、俺の気持ちは伝えない方が……でもそうしたら、琴子さんの勘によると……。

「飲まないのですか、お茶？」

雫に言われて、湯飲みに手を伸ばしかけたままでいることに気づいた。

「青一くんの影響で、上腕二頭筋を伸ばしていたんです」

自分でも意味不明な言い訳を口にして、湯飲みを手に取った。お茶をすすりながら、琴子さんの言葉を思い出す。

——このままだと雫ちゃんは、札幌に帰っちゃうよ。

第四帖　たとえ、あなたがいなくても

1

兄貴によると、俺が雫の去就に関してできることは、次のどちらか。
①告白して、つき合って、横浜に残ってもらう
②なにも言わず、札幌に帰るのを黙って見ている
①なら、俺の嘘がばれ、雫は「姉の死の責任は自分にある」と再び傷つくかもしれない。
②なら、源神社の主祭神である源義経に「許される」機会を失い、巫女舞ができないまま苦しみ続けるかもしれない。
そして琴子さんの勘によると、このままだと雫は札幌に帰ってしまう。どうしたら雫にとって一番幸せなんだ？　俺にできることはなんだ？　答えが出ないまま、時間だけがすぎていく……。

「――馬さん。壮馬さん！」

雫に呼びかけられ、俺は我に返った。気がつけば、授与所に雫と並んで立っている。

「七夕祭りは明日なんですよ。しっかりしてください」

そうだった。今日は八月六日。源神社の七夕祭りは、もう明日なのだ。

夕刻の境内には、いつもと違って氏子さんや会社の名前が黒字で書かれた白い提灯(ちょうちん)——奉納提灯が、いくつもぶら下げられていた。行き交う人も多い。明日は朝から、色とりどりの屋台の設置も始まるはずだ。

七夕祭りは、明日の午後五時から始まる。まずは拝殿に上がった兄貴が、源義経と、織姫、彦星に祝詞(のりと)を上げる。それから拝殿の脇につくった特設ステージで、子ども向けにビンゴ大会や手品ショーなどを開催。同時進行で、参拝した人たちに短冊に願いごとを書いてもらい、笹に吊るす。屋台を回る人たちが笹に次々と集まり、この時間帯が最もにぎわうらしい。

次いで、横崎雅楽会の協力のもと、拝殿で巫女たちが「浦安の舞」を披露する。最後に、七月七日以降預かっていた笹を境内の真ん中でお焚き上げして終了。源神社の七夕祭りで使った笹は、翌日、改めてお焚き上げする。

それが終わったら、雫は札幌に——。

「そんなことでは参拝者さまに『織姫と彦星が再会できた』と思ってもらえるお祭りにできませんよ」

再び飛びかける俺の意識を引きとめるように、雫は冷え切った声で言った。とはいえ、そういう本人も、応接間の方にちらちらと視線を向けている。

応接間では隣室の襖をはずして大部屋にして、連日、「浦安の舞」の稽古が行われている。今日もこの後、五時から夜更けまで最後の調整をするようだ。

「浦安の舞」は、神楽笛、箏、篳篥、太鼓の和楽器が音楽を奏で、数名の歌方がそれに加わる。舞手の巫女の数は、一人、二人、四人の三パターンがある。源神社の七夕祭りでは二人舞だ。

巫女の入場と退場時には、神楽笛の独奏が流れる。俺の耳にも、上水流さんによるこの独奏が、七夕祭りが近づくにつれ、力強さを増しながら繊細さを増している――矛盾しているが、本当にそう感じるのだ――ことがわかった。そのくせ、ほかの楽器と一緒になったときは、悪目立ちすることなく、一つの塊のような、息のあった音楽と化している。

上水流さんの神楽笛のレベルが上がることで、全体のレベルも引き上げられているのだろう。

雫も、心を奪われているようだ。神楽笛の音色が聞こえてくる度に、指先が微かに動いている。

雫が、上水流さんの言葉に従って、誰かの縁結びをしようとしている様子はまったくない。でも、巫女舞に復帰したいことは明らかだ。なにかしてあげられないだろうか……。

考えながら雫の横顔を見つめていると、壁代がめくり上がり、兄貴が顔を出した。

「お願いした巫女さんのうち一人が巫女舞は初めてで、うまく舞えないらしい。『やっぱり雫ちゃんにお願いできないか』と雅楽会の人たちが言ってるけど、断っていいよね」

「はい。まだ義経公にお許しをいただいたとは思えませんから」

兄貴は「仕方ない」と呟くと、白い雲とのコントラストが際立つ青空に目を向けた。

「天気予報によると明日は快晴だし、今年は残念な七夕祭りになりそうだ」

「晴れないと織姫と彦星が会えないから、残念じゃないでしょう」

なにを言ってるんだ、と思いながら指摘する俺に、兄貴は首を横に振った。

「催涙雨だよ。雫ちゃん、説明をお願い」

「催涙雨とは、七夕の夜に降る雨です。再会が叶わなかった織姫と彦星が流す悲しみの涙と言われていますが、再会が叶ったことで二柱が流すうれし涙とする考えもあります」

兄貴に話を振られた雫は、淀みなく解説を述べた。事典みたいな子だ。

「そういうこと。源神社の七夕祭りは、晴れても雨が降っても、二柱が会えたと解釈するんだ。むしろ雨の方が『感動の再会だった』ということでよりよし！　なんだよ」

「いい加減すぎませんか」

あきれる俺に、兄貴は笑って答える。

「せっかくお祭りに来てくれた人たちに、気持ちよく帰ってもらいたいからね。そうしたら、また来てもらえて源神社も潤う」

「宮司の好きな言葉の一つは『商売繁盛』ですもんね」

以前、白峰さんに教えてもらったことを思い出しながらさらにあきれると、兄貴は首肯した。

「ただし僕が好きなのは、みんなが幸せになった上での『商売繁盛』だ。誰かを不幸にしてお金を巻き上げる『商売繁盛』も、そういうことをする連中も気に入らない――って、どうかした、桐島さん？　僕、いま結構いいことを言ってるんだけど？」

兄貴が、近づいてきた桐島さんを振り返る。

「お話し中すみません。壮馬くんたちに、本榊を買ってきてほしいんです。私は来客があるので……申し訳ない」

桐島さんは、相変わらず低姿勢で、俺や雫にも敬語で話す。

でも岩見さんの一件以降、おどおどすることは随分減った。

授与所は兄貴に任せて、俺と雫は言われたとおり、元町ショッピングストリートの《あかり》に向かった。世界的に有名なフラワーデザイナーが始めた、国内に三店舗しかない花屋の一つで、関東では手に入りにくい本榊も仕入れている。

汐汲坂を下りると、コンビニのベイライトから上水流さんが出てくるところだった。

今日も全身をブランド物らしき黒服で固めているが、頬はますます痩け、病院を抜け出してきた患者のようだった。目つきも険しい。雫の心を揺さぶることに、全身全霊を捧げているせいだろう。七夕祭りは明日に迫っているから、焦りもあるに違いない。俺たちに気づいて「やあ」と挨拶する声からは、生気というものがまるで感じられなかった。

「ベイライトでは買い物する気になれないんじゃなかったんですか」

和(なご)ませたくて笑うと、上水流さんは言った。

「名より実(じつ)を取ったんだ」

微妙に答えになっていない。見た目以上に疲労困憊(こんぱい)らしい。右手に持ったビニール袋から覗いている、飴(あめ)やポテトチップ、チョコレートなどのお菓子も気になる。同じ種類のものもいくつもあるようだ。稽古の疲れを少しでも取ろうと、舞手の巫女さんや雅楽会の人たちは甘いものをよく摂取している。それを見た兄貴が、昨日お菓子をまとめ買いしたから「追加で買う必要はない」ということになったのに。その話をすると、上水流さんはなにか難しい質問をされて、意味を考えるような間(ま)を空けた末に言った。

「それはそれ、これはこれだ」

どれだけ甘いものを求めているんだ、この人？　少し休んだ方がいいのでは、と俺が口にするより先に、雫は歩き出してしまう。

「早く《あかり》に行きましょう、壮馬さん」

冷たいようで優しい、雫らしくない。もしかして、上水流さんに「巫女舞に復帰しろ」と言われるのが嫌なのかもしれない。だとしたら、早足で歩いたところで無駄だった。

「俺の神楽笛を聴いて、心が揺れ動いているんだろう。結果が伴わなくても、縁結びしようと心がけるだけで、義経公にお許しいただける。明日の『浦安の舞』に間に合うぞ」

雫の後ろ姿に向けて、上水流さんが少しだけ生気を取り戻した声を飛ばす。雫は振り返らず、早足で歩いていくのみ。「頑固だな」と肩をすくめた上水流さんだったが、不意に真剣な面持ちで俺を見上げた。

「俺は彼女の舞に合わせて、どうしても演奏したい。君だって久遠さんの巫女舞を見たいだろう。どうか説得してくれ。頼む。最後の決め手になるのは、君の一言だ」

いまの上水流さんは「暑苦しさ」を隠す余裕もないようだ。

タイムリミットは、刻一刻と迫っている。

本榊を買って源神社に戻ると、お客さんが来ていた。ツバサ塾で春海くんに短冊の色と五常（ごじょう）の関係を教えてもらった女の子だ。あのときは名前を聞かなかったが、赤羽陽菜乃（あかばねひなの）ちゃんというそうだ。学年は小四。

「久遠さんって、春海くんの悩みを解決したんでしょう。私の相談にも乗ってほしいの」

祭りの準備で慌ただしかったが、兄貴が「放っておけないだろう」と言うので、事務室で話を聞くことにする。応接間からは、神楽笛の音色が漏れ聞こえてくる。雫はそれを振り払うように、にっこり微笑んだ。

「相談ってなあに？」

「これなんです。何日か前、この神社に遊びにきたとき撮りました」

陽菜乃ちゃんが、縁なし眼鏡の向こうにある目を伏せたまま、絵馬を写したスマホを差し出してくる。

絵馬とは、参拝者が神さまへの願いごとやお礼などを書く、絵の描かれた板のことだ。大昔は本物の馬を神さまに捧げていたが、いつからか、馬の絵を描いた板で代用するようになったのだという。だから「絵馬」。

――当時は『手抜きだ』と眉をひそめる神職もいたんじゃないかな。でも現代では当たり前になって、神社ごとに異なる絵を描いた絵馬を用意している。いまは賛否が分かれている電子賽銭も、そのうち議論もされないくらい普及するかもね。

兄貴の言葉を思い出しながら、雫と一緒にディスプレイを覗き込む。

「この絵馬、佳奈先生が書いたんです」

佳奈さんが書いた絵馬は、各行の一番上の文字の位置がぴたりとそろっていた。相変わらずきれいな字だ、と惚れ惚れしかけたが、最初の一文を見てぎょっとする。

〈不幸せになりますように。自分だけではありません。父、同僚、塾生、友だち、同級生――〉

その後もありったけの人のことが絵馬一杯に書かれ、最後に「遠野佳奈」と記名されていた。

佳奈さんが、これだけの人たちの不幸せを願っている？　ばかな！

「佳奈先生は『私は書いていない。誰かのいたずらでしょ』と笑い飛ばしていました。でも本当にそうなのか、心配で……。もしかしたら佳奈先生は、私たちに不幸せになってほしいのかもしれなくて……」

そんな心配は不要だけれど、子どもがそう思ってしまうのも無理はない。佳奈さんの言うとおり、いたずらであることを証明しないと。

「力を貸してあげましょう、雫さん。今日は無理でも、七夕祭りが終わったらすぐに」

「お願いします、久遠さん」

陽菜乃ちゃんも、雫にしがみつくように言う。当然、頷いてくれると思ったが。

「ここまでするなんて」

雫は冷え切った表情になって、深々と息をつく。

俺も陽菜乃ちゃんも、戸惑うほかなかった。

同日、夜八時。

俺と雫は、八幡さまが祀られた摂社にいた。辺りを桜の木に囲まれている上に、明かりは摂社の前にぶら下げられた電球二つだけなので、周囲よりも夜が一際深い。昼間よりはましだが、空気はまだ熱を孕(はら)み、むわりと身体にまとわりついてくるようだ。風はほとんどなく、月明かりに照らされた葉がつくるシルエットが、複雑な形をしたオブジェのように見えた。

夏越大祓式の夜、ここで雫の秘密を知り、雫のために嘘をついたことを思い出す。

あれからまだ一ヵ月ちょっとしか経っていないのに、またなにかが起こるのではないか。そんな胸騒ぎがとまらない。「浦安の舞」は最後の稽古の真っ最中のはずだが、休憩中なのか、雅楽の音色は聞こえてこない。そのせいで夜になっても競い合うように鳴く蝉の声が大きく響き、余計に胸騒ぎが増していく。

「こんばんは」

蝉の鳴き声を突き破ったのは、弾むような、場違いに明るい声だった。

佳奈さんだ。

雫に言われて呼び出しただけなので、俺も用件はわからない。

塾が終わるなり急いで駆けつけたのだろう、階段を上ってきた佳奈さんは、濃紺のスカートスーツを着たままだった。明日の準備が終わっていないので、俺と雫も奉務中の装束から着替えていない。

「改めて連絡します」と陽菜乃ちゃんを帰してから、雫の表情はずっと凍てついている。佳奈さんが現れたにもかかわらず、いまもそうだ。

やっぱり、なにかが起こる――胸騒ぎが、いよいよ抑えられなくなる。

「どうしたの、久遠さん？　もしかして怒ってる？　なんで？」

戸惑う佳奈さんには答えず、雫は言った。

「わたしに謎解きを依頼するよう璃子ちゃんと白露くんに言ったのは、あなたですね」

2

雫が口にした言葉が予想の範疇外すぎて、なにに驚いているのか自分でもわからなかった。

「璃子ちゃんと白露くんって誰？」

佳奈さんの言葉で、驚きの理由を悟る。そうだ。佳奈さんは、あの子たちと面識がない。

俺は二人のことを佳奈さんに簡単に説明してから、雫にそのことを指摘する。でも雫は「あったんです」と言い切った。

「璃子ちゃんと中華街に行ったときのことを覚えてますか。あの日、璃子ちゃんは壮馬さんのことを『ソウマさん』と、なんだかぎこちなく呼んでいましたよね」

「俺の見た目がごついから、緊張していたんでしょう」

「でも名字ではなく、名前で呼ぶのは親しげですよね。わたしのことは『久遠さん』と名字で呼んでいたのに」

璃子ちゃんが「久遠さん、超かわいい！」と笑顔を弾けさせていたことを思い出す。

「そもそも璃子ちゃんが、自己紹介もしていないわたしたちの名前を知っていたことが不自然だったんです。岩見さんは、わたしたちに無関心でした。名前すら覚えていなかったのではないでしょうか。璃子ちゃんが、岩見さんから聞いたとは考えにくいです。

不自然な点は、まだあります。関帝廟の後に入った中華料理店で、テーブルに着いた璃子ちゃんは頬を赤くしていましたよね。その前に、なにがありましたか」

「特になにもない。入口で名前を書いて、店員に呼ばれたくらいです」

「それが重要なんです。店員さんは、壮馬さんのことを『坂本さん』と名字で呼びましたよね。それを聞いて璃子ちゃんは、壮馬さんの名字が『ソウマ』ではなく、『サカモト』であると知った。勘違いとはいえ、いきなり名前で呼んでしまったことに気づいた。だから、頬が赤くなったんです」

「ソウマ」を名字で書けば「草間」「相馬」などか。一概（いちがい）には言えないが、名字なら「ウ」にアクセントが来ることが多い。でも名前なら「ソ」にアクセント。璃子ちゃんは名字を呼んでいるつもりで、俺は名前を呼ばれているつもりだった。だから、ぎこちなく聞こえたのか……。

「その後で璃子ちゃんは唐突に、わたしたちに『つき合ってるの？』と訊ねてきました。わたしたちが名前で呼び合っているからでしょう。ちなみにこの後、璃子ちゃんは壮馬さんのことを『坂本さん』と名字で呼んでいました。これも、璃子ちゃんが壮馬さんの名字と名前を勘違いしていた証拠です。

なぜ璃子ちゃんはわたしたちの名前を知っていて、かつ、壮馬さんの名字を勘違いしたのか？　普段、壮馬さんのことを名前で呼んでいる人に教えてもらったと考えれば、腑に落ちます」

雫の瞳が、佳奈さんに向けられる。

「璃子ちゃんは、岩見さんに連れられ初めて源神社に来た日、一人で境内を歩いていました。そのとき、偶然、遠野さんに会った。璃子ちゃんがなにかに悩んでいることを見て取った遠野さんは、壮馬さんのことや、わたしが謎解きを請け負っていることを教えて、相談するようにアドバイスした。だから壮馬さんがわたしのことを『名探偵』と言ったとき、璃子ちゃんはすんなり受け入れたんです」

子どもはすなおだ、と思ったが、そんな事情があったのか？

佳奈さんは、動揺を抑えるかのように、唇をきつく噛みしめている。

「佳奈さんが、白露くんにも関係しているという根拠は？」

「作務衣です。白露くんが源神社に来たのは、先月の最終日曜日。月末恒例の掃除の日で、ボランティアの方がたくさんいました。なのに白露くんは、わたしが巫女だと一目でわかって、話しかけてきましたよね」

俺には意味がわかったが、佳奈さんはここぞとばかりに反論する。

「巫女装束を着ていたら、誰でも一目で巫女さんだとわかるよ」

「あのとき、わたしは作務衣を着ていました。壮馬さんもです。月末の掃除のときは、いつもそうしています。だから一目見ただけでは、わたしが巫女であるどころか、神社関係者であることすらわからなかったはず」

「作務衣なんて着て掃除をしている若い女の子は、巫女さんくらいでしょ」

「あの日は兄貴――宮司とおそろいで、作務衣を着た若い女性がたくさんいたんですよ」

再び唇を噛む佳奈さんに、雫は「壮馬さんの言うとおりです」と頷いた。

「誰かが白露くんに、わたしのことを教えていたとしか考えられません。それが遠野さんです。白露くんのことは、塾生経由で知ったのでしょう」

「……壮馬のことを名前で呼ぶのは、あたしだけじゃない。その人が、璃子ちゃんに教えたのかもしれない。白露くんが久遠さんを巫女だとわかったのだって、ネットにアップされた写真を見たからかもしれない」

もっともだ。兄貴や央輔も、俺のことを名前で呼ぶ。参拝者――特に外国人観光客が、巫女さんと記念写真を撮りたがるのも事実。雫ほどの容姿だと、お願いされる機会も多い。たぶん、隠し撮りもされているだろう。ネットに写真があっても不思議はない。俺がそう思ったことを感じ取ったか、佳奈さんは「どうだ！」とばかりに胸を張った。

しかし雫は、首を横に振る。

「そういう可能性も考えていましたが、陽菜乃ちゃんが持ち込んだ絵馬の件で、遠野さんが教えたと確信しました」

雫は、白衣の懐から取り出したスマホを掲げた。ディスプレイには、陽菜乃ちゃんに転送してもらった絵馬の写真。

「絵馬に書かれた文章は、どの行も、最初の一文字の位置がそろってますよね。でも遠野さんが書いたものなら、一行目の冒頭は一文字下がっているはずなんです。七夕の短冊でも、暑中見舞いでもそうでした」

本が大好きな文学少女だった佳奈さんは、そういう風に文章を書くのが習慣だ。ということは。

「この絵馬は、もともとは冒頭が一文字分下げられて『幸せになりますように』と書かれていた。そこに誰かが『不』と書き加えたことになります」

雫の言葉に、佳奈さんは警戒心を滲ませたまま頷く。

「そうだろうね。それで解決じゃない」

「問題は、遠野さんがこのことを陽菜乃ちゃんに話さず『誰かのいたずら』で済ませたことです。一行目は一文字下げて書くことを教えてあげれば、陽菜乃ちゃんは安心して、わたしに相談することもなかったのに。暑中見舞いどころか短冊までそうやって書いている遠野さんが、気づかないはずないのに。だから『遠野さんが自分でしかけて、陽菜乃ちゃんに言わせた』と気づきました」

佳奈さんが、そんな自作自演を？　信じられないが、雫の推理には穴がない。佳奈さんの顔も、これまで見たことがないくらい強ばっている。

「全部想像で、証拠はないでしょ」

それでも言い張る佳奈さんに、雫は冷然と首を横に振った。

「璃子ちゃんも白露くんも、確認したら本当のことを話してくれました」

いつの間にそんなことを……。佳奈さんも、呆気に取られた様子だったが。

「……もったいつけないで、最初からそう言ってくれればよかったのに。なら、認めるよ。そうです。璃子ちゃんと白露くんに、久遠さんに相談するように勧めたのはあたしです」

そう言うと、肩の荷を下ろしたような息を漏らした。

「そのことを隠していたから説得力はないかもだけど、悪意はなかった。純粋に、璃子ちゃんや白露くんを放っておけなかったの。春海くんの悩みを解決した久遠さんなら、あの子たちの力になってくれると思った。陽菜乃ちゃんは、久遠さんのことを『かわいかった。また会いたい』とずっと言っていたから、一緒に謎をつくって『依頼してみよう』という話になったの。久遠さんなら、あたしが一行目は一文字下げると気づいて、『誰の仕業かわからないけれど、いたずらで間違いない』と解決してくれると思った。まさか、すぐ見破られるとは思わなかったけどね」

「そうだったのですね。璃子ちゃんたちに確認する手間が省けました」

　雫のその一言で、俺も佳奈さんも気づいた。

「……あたしを騙したの？」

　声を震わせる佳奈さんに、雫は後ろめたさを見せずに頷く。佳奈さんの頬がみるみる紅潮していくのが、暗がりの中でもはっきり見えた。

「平気な顔して嘘をつくなんて。やっぱり久遠さんは魔性の女だったんだ！」

　違和感を覚える言い方だった。確かに雫は、魔性と言えば魔性だ。ただし俺に対して限定で、それも天然。傍目には魔性に見えないのでは？　しかも「やっぱり」って？

　理由がわからない俺を置いてきぼりに、雫は淡々と応じる。

「璃子ちゃんたちを思っての行動だったことは認めます。でも、遠野さんが子どもたちを利用したことは事実。それは許せません」

　佳奈さんの全身が、石化したように固まる。そのまま動かないでいたが、しばらくの後に独り言のように呟いた。

「……どう言い訳しても、それについてはあたしが悪いよね」

「なんでそんなことを？　雫さんを紹介したことを、隠す必要なんてないでしょう？」

　俯きかけた佳奈さんだったが、意を決したように顔を上げると、アーモンド形の瞳で俺を見据える。

「壮馬に子どもたちの笑顔を思い出させて、教育の道に戻ってもらう。それが、あたしの目的だったから。そう企んでいることを悟られないために、自分の存在を隠していたの」

「やはり、そうでしたか」という雫の呟きにわずかに目を眇め、佳奈さんは続ける。

「春海くんのことを壮馬に相談したときは、もちろん、あの子の悩みを解決することが最優先だった。でも解決したときの春海くんの顔を見せて、壮馬に『子どもたちの笑顔を見たい』という夢を思い出してもらうことも狙いだったの。そのとおりになったでしょう」

確かに俺は、春海くんの笑顔を見て胸が締めつけられた——。図星なので反論できない俺に、佳奈さんはたたみかけてくる。

「あのときの壮馬を見て、教師に未練があるんだと確信した。でも、教育の道に戻ることを躊躇しているみたい。だから立て続けに笑顔を見せたくて、悩んでいる子どもをさがしたの。久遠さんが謎を解いて悩みを解決すれば、子どもたちは自然に笑顔になる。それを見たら、壮馬は自分の気持ちにすなおになるはず。

璃子ちゃんの笑顔を見たとき、春海くんのときと同じようになにかを感じていたよね。白露くんのときもそうだったに決まってる。やっぱり壮馬は、子どもたちの笑顔が大好きなんだよ」

力強い声音とは裏腹に、佳奈さんの瞳は小刻みに震えていた。俺や子どもたちを想う気持ちは本物だ。でも、ずっと俺を騙しているようで、子どもたちを利用しているようで、後ろめたかったのだろう。そのことに俺はまったく気づかず、つき合っていたころと変わりないと呑気に思っていた。感情がすぐ表に出る人が、必死にそれを隠していたのに。

暑中見舞いを届けにきたときは、純粋に子どもたちの笑顔を見せることができたから、あんなに楽しそうだったんだ。そのことにも、ようやく気づいた。

対照的に佳奈さんは、俺のことをわかってくれていた。雫の推理で子どもたちが笑顔になる度に、胸が締めつけられていることも察していた。

でも、それは。

「佳奈さんは、誤解しています」

正直に言うしかない。

「子どもたちの笑顔を見る度に、俺は感じるものがあって、胸が締めつけられていました」

「そうでしょう。だったら――」

「でもそれは、子どもたちの笑顔だけを追い求めないようにしなくては、と決意を新たにしていたからです」

「へっ？」

西洋人形のように整った顔立ちに似つかわしくない、間の抜けた声が上がった。

「子どもの笑顔は、文句なくかわいい。つい、それを優先したくなります。でも大人に笑顔になってもらうことだって、同じくらい大切。俺はこの神社で働き始めて、それを知りました」

正確に言えば、教えてもらったのだ。雫の推理によって。

ひきこもりの子どもとわかり合えた母親、夫との行き違いを悟った女性、長い仲違いを乗り越えた幼なじみ……みんな、単純に笑顔になったわけではない。でも雫が「解決」をもたらした後、とてもいい顔をしていた。ああいう顔を、これからも見たいから。

「『〝みんな〟の笑顔を見たい』という夢は、少しも変わっていません。この神社にはいろいろな人が来るから、それが叶う。だから、やめるつもりはない。七夕の日に言ったとおりです」

「——壮馬さんらしいです」

雫が言った。いつもどおりの無表情だけれど、少しだけ声が弾んでいる。

「な……な……な……」

佳奈さんの頬がひくひく動く。

「納得できない！」

「そう言われても、佳奈さんにこの話題を持ち出される度に、俺は否定したじゃないですか」

春海くんの件が解決した後、「〝子ども〟という具体的な対象と、〝みんな〟という抽象的な対象と、どちらが心に響くか」と言われたときは「相変わらずお節介ですけど、的はずれです」と返した。

璃子ちゃんの件が解決した後、『子どもたちの笑顔が見たい』という夢が蘇ったんじゃない？」と言われたときは「そんなことありませんってば」と返した。

言葉どおりに受け取ってくれればよかったのに。

「そうだけど……で、でも納得できない。信心もないのに神社で働くなんておかしい！」

佳奈さんはアーモンド形の瞳を鋭くさせ、雫を睨む。

「久遠さんに、いいように弄ばれてるんでしょう。やっぱり魔性の女なんだ」

また「魔性の女」呼ばわりだ。さすがに妙に思った俺に答えるように、雫が言った。

「遠野さんに、そう思わせた人物がいるんです」

「……なんのこと？」

佳奈さんがごまかそうとしていることは、忙しなく動く目を見れば明らかだった。

「とぼけなくていいです。そこにいると、本人から連絡があったでしょう――ねえ」

言葉を切った雫は、摂社の脇に立つ、この場所が恋愛パワースポットとなる契機となった桜の木を見遣る。

「上水流さん」

聞き知った名前なのに、顔と一致しなかった。その間に、木陰の茂みが揺れ動く。

ゆっくりと姿を現したのは、フレームの薄い眼鏡をかけ、中肉中背で、黒い衣服に身を固めた男性――上水流さんだった。

3

「なんで上水流さんが、こんなところに？」

茫然としている俺の口から、その一言が衝いて出た。雫が答える。

「わたしがお呼びしたんです。こちらから声をかけるまで、隠れているようにお願いしました」

だからさっきから、「浦安の舞」の稽古の演奏が聞こえなかったのか。

この人が佳奈さんの裏で糸を引いていた人物――「真犯人」？　でも上水流さんが佳奈さんと初めて会ってから、まだ十日も経っていない。混乱していると、上水流さんは軽く息をついた。

「こんなところに呼び出すから、巫女舞に復帰する話かと思ったのに。隠れていろなんて妙だと思ったが、まさか、訳のわからない推理を聞かされるとはな」

「氏子総会の日に璃子ちゃんがこの場所に来たとき、遠野さんは、いま上水流さんが出てきた辺りに隠れていたのではありませんか。この場所で隠れるなら、あそこが最適ですからね」

上水流さんに応じず雫が言うと、佳奈さんの瞳の動きがさらに忙しくなった。

上水流さんは肩をすくめる。

「一体なにを言ってるんだ？」

「わたしはあの日から、お二人が裏で手を結び、なにかを企んでいると疑っていました。でも遠野さんが暑中見舞いを持参した日、初対面のふりをするお二人を見て、疑いが確信に変わったんです」

「本当になにを言っているのかさっぱりだ」

さっきよりも大きく肩をすくめる上水流さんには構わず、雫は続ける。

「璃子ちゃんがここに駆けつける直前まで、上水流さんは遠野さんと一緒だったのですよね。わたしが璃子ちゃんを追いかけるとき、『袴だと走りにくいんだから！』と大きな声を出したのを聞いて、お二人はさぞ焦ったことでしょう。そこで、遠野さんが桜の木陰に隠れることになったんです。

上水流さんとしては、裏で手を結んでいることがばれないように、境内で遠野さんと二人きりで会うことは避けたかったはず。推測ですが、遠野さんの方になにか事情があって、上水流さんに強引に詰め寄ったのではないでしょうか。だから遠野さんの方に負い目があって、言われるがまま隠れたのだと思います」

「そこまで決めつけるからには、証拠があるのかな？」

どうせないくせに、と言わんばかりに苦笑する上水流さんに、雫は袖から取り出した小さなビニール袋を掲げた。スマホのライトを点灯させ、中身を照らし出す。目を凝らしてようやく、髪の毛が一本入っていることがわかった。色は赤のようだ。

佳奈さんが反射的に、自分の髪に触れた。

「あのとき上水流さんの左肩に、この髪がついていたんです。葉の合間から射し込む陽の光に照らされて、きらきらしていましたよ。思わず『輝いてる』と呟いてしまったほどです。上水流さんはいつも黒い服を着ているから、余計に赤が映えて見えました」

雫は当たり前のように言うが、俺はまったく気づかなかった。表現が独特すぎて「輝いてる」と口にしたと思っていたのに。

「当社には、外国人観光客がたくさんいらっしゃいます。赤毛の人もいる。でも肩に髪がついているということは、上水流さんはその相手とよほど近い距離で、しかも、ついさっきまで一緒にいた可能性が高い。そうなると、相手は遠野さんかもしれないと思いました。遠野春海くんという共通の知り合いがいますからね。なのに姿が見えないということは、遠野さんは隠れていることになる。理由が気になりましたが、あの日は璃子ちゃんのことで手一杯だったので、上水流さんの肩に手を置くふりをして、ひとまず遠野さんの髪を回収するだけにしておいたんです。

この髪には、毛根も付着しています。DNA型鑑定に回せば、遠野さんのものであることが証明されるでしょう。そこまでするつもりはありませんが、否定なさるなら、鑑定を依頼しても構いません」

「仮にその髪が遠野さんのものだったとしても、あの日、手に入れたとはかぎらない。遠野さんが俺と一緒にいたという証明にはならない」

「あの日、『上水流さんの肩を握る』というわたしらしくない行動を取ったことは、壮馬さんが証言してくれます。『髪を回収した』と言われれば納得できますよね、壮馬さん」

話を振られた俺は、迷うことなく頷いた。上水流さんは、あきれたように首を横に振る。

「坂本くんの証言だけでは、証拠能力に乏しい」

「裁判を起こすわけではないから充分です。少なくともわたしは、お二人が一緒にいたと確信できます」

「久遠さんが確信したところで――」

「悪あがきはみっともないよ」

なおも否定しようとする上水流さんを、佳奈さんが遮った。

「久遠さんの言うとおり。電話だとはぐらかされるから、上水流さんが源神社に来る日に待ち伏せして問い詰めたの。

本当に久遠さんが、壮馬を騙す『魔性の女』なのかどうかをね。

壮馬の心を弄んで楽しんでいる性悪女（しょうわるおんな）だというから協力したのに、実際に話したら、全然そんな感じじゃないんだもん。上水流さんの言っていることが信じられなくて、すごく戸惑った」

春海くんの件が解決した後、愛嬌を振り撒くのを忘れた雫に、佳奈さんは「なにもそこまで」と思うくらいまごついていた。あの裏に、そんな葛藤があったなんて。

「まあ、結局はその後で上水流さんに言いくるめられちゃったんだけどさ」

首を横に振る佳奈さんに、上水流さんは珍しく顔をしかめた。

「裏切ったな。もともと乗り気ではなかったから、いつかこうなるかもしれないとは思ったが」

佳奈さんと上水流さんが共犯（グル）だった——本人たちが認めても、まだ信じられない。

「佳奈さんが、俺に神社をやめさせたかったことはわかります。でも、上水流さんはなにをしたかったんです？」

「上水流さんも、壮馬に神社をやめてほしかったの。目的が一致したから、手を組んだんだよ」

「上水流さんは、俺に神社に残るように言ってましたが」

「目的を隠すためのカモフラージュよ。あたしが暑中見舞いを届けにきた日、壮馬たちの前で初対面のふりをしたり、言い合ってみせたりしたのも、手を組んでいると思われないようにするため。壮馬たちが家を出た時間を白露くんに教えてもらって、待ち伏せしていたの。上水流さんが『久遠さんに怪しまれている気がする』と言うから」

「なんとなく、久遠さんからそういう気配を感じたんだよ。それが墓穴につながったがな」

「だとしても、どうして俺に神社をやめさせたかったんです？」

「たいした理由じゃない。君のような信心のない男は、神社にふさわしくないと思っただけだ」

「そういうこと。『神職資格を持つ雅楽奏者として許せない』と言うから――」

「遠野さんは、騙されています」

空気が鳴りそうなほど凍てついた声で、雫は言った。

「上水流さんが隠していることに気づけば、真の目的はわかります」

「真の目的なんてないが、せっかくだから久遠さんの名推理をうかがおうか」

右手の人差し指で、眼鏡のフレームをわざとらしく押し上げる上水流さん。その姿を、雫は氷塊の瞳で見据える。

「まず引っかかったのは、壮馬さんからお話を聞いたときでした。上水流さんは、ベイライトのことを『セコい店』『買い物する気にはなれない』と評したそうですね。ベイライトは、全国チェーンでないとはいえ、神奈川県ではおなじみのコンビニです。いくら引っ越してきたばかりとはいえ、そんな言い方は不自然ではないでしょうか」

それは、俺も思ったが。

「しかも、そこまで言ったにもかかわらず、上水流さんは先ほどベイライトでお買い物をしていました。名より実を取ったと言っていましたが、やはり引っかかります。それで確信したんです。上水流さんが言おうとしたのは『セコい店』ではなく、『セコマ』であることを」

少し考えて、「セコマ」がなにかを思い出した。正式名称は「セイコーマート」。セコマ、セーコマなどと呼ばれている、北海道ローカルのコンビニだと雫が言っていた。

「コンビニを見て思わず『セコマ』と言ってしまうほどだから、上水流さんは北海道民か、そうでなくても北海道になじみが深い人。そのことを知られたくなくて、咄嗟に『セコい店』と言い繕ったんです。幸い、上水流さんはいつも高級ブランドの服を着ているから、うまくごまかすことができました」

「推理としてはおもしろいが、俺は本当に『セコい』と言おうとしたんだ。セイコーマートのことは知っているが、北海道には演奏旅行で行ったことがあるくらいで、なじみなんてないよ」

「そう言うと思いました。うっかり『北海道に住んでいた』と言ったら、どこの雅楽会に所属していたか訊かれ、札幌の神社から来たわたしに素性を知られてしまうかもしれませんからね」

「そういえば久遠さんは、札幌から来たんだっけ。宮司さまから聞いたよ」

とぼけているのか、本当にいま思い出したのか？　判断がつかないでいると、雫はこう言った。

「どうしてベイライトでお菓子を買ったのですか？」

話の脈絡を無視した質問だった。俺と佳奈さんだけでなく、上水流さんも虚を衝かれる。

「ええと……もう一回言ってもらえるか？」

しばらくしてから、上水流さんはさぐるように言った。

「お菓子ですよ。あのとき壮馬さんも言いましたが、宮司さまがお菓子をまとめ買いしたから、追加で買う必要はないという話になりましたよね」

俺はまだ質問の意図がわからなかったが、上水流さんは当惑を残しつつも答える。

「そう言われても……それはそれ、これはこれだと言ったじゃないか」

「『それ』は差し入れのことですよね。『これ』はなんですか」

「決まってるだろう」

上水流さんは、当たり前のように言う。

「ローソクもらいだよ」

佳奈さんが眉根を寄せる。セコマと違って、今度は俺も少し考えただけでは意味がわからなかった。でも、聞き覚えはある。たぶん一ヵ月ほど前、授与所で雫と番をしているときに――。

「ローソクもらい、ですか？」

首を傾げる雫に、落ち着きを取り戻した上水流さんは頷く。

「明日の夜は子どもたちにお菓子をあげないといけないから、俺も用意した方がいいと思った」

思い出した。

——七夕の夜になると、子どもたちが近所のお家やお店を回って、『ローソク出せ』と言う風習です。子どもたちの訪問を受けた人は、お菓子をあげなくてはなりません。

それが「ローソクもらい」。でも、この風習は……。

「上水流さんは、ローソクもらいが横浜にもあると思い込んでいるようですね。でも、この風習が行われるのは札幌や函館など、北海道の一部の地域だけです」

雫の言うとおりだ。だから俺はそんな風習を知らなかったし、佳奈さんは眉根を寄せたままだ。なのに上水流さんは知っている。ということは……。

「北海道の一部にしかない、しかも最近は盛んには行われていない『ローソクもらい』が当たり前のようにあると思っていることが、上水流さんが北海道の暮らしが長い決定的な証拠です」

さっきベイライトの前で話したとき、雫は上水流さんの体調を心配することなく、さっさと《あかり》に向かった。雫らしくないと思ったが、ちゃんと理由があった。大量のお菓子と「それはそれ、これはこれ」という答えを聞き、上水流さんが「横浜にもローソクもらいがある」と思い込んでいることを見抜いた。これで罠を仕掛けられると踏み、俺が余計なことを言う前に早々に会話を終わらせたんだ！

上水流さんは、雫を見据えたまま動かない。そこに雫は、氷の弾丸を撃ち込むように続ける。

「壮馬さんに神社をやめさせようとしていて、かつ、北海道になじみのあることを隠している。この二つから、上水流さんは、わたしの実家の神社に関係する雅楽会の会員と推察します。わたしが壮馬さんを好きだと勘違いして、壮馬さんがいなくなれば札幌に帰ると思ったのですよね」

4

「上水流さんがこんなことをしたのは父の差し金ですね。わたしの状況は、逐一報告していたのでしょう。だから父は、わたしが札幌に帰るつもりがないことを宮司さまから聞いても冷静だったんです」

氷の弾丸を全身に浴びた上水流さんは、一言も発せず、雫をじっと見据えていたが。

「面倒くさい」

ため息とともに、その一言を吐き捨てた。これまでも、上水流さんが「面倒」と口にするのは度々聞いてきた。

でも、これまで以上に投げやりで、心の底から厭うていることが感じられる言い方だった。

フレームの薄い眼鏡の向こうにある両目には、あふれんばかりの倦怠感が漂っている。

「計算外がいろいろあった。雫さんのお父さんが、草壁宮司に電話していたなんて。俺に任せてほしいと言ったのに、我慢できなかったんだろうな。遠野さんが独断で陽菜乃ちゃんをけしかけたせいで、余計な手がかりも与えてしまった。もっとも、最大の計算外は雫さんの頭脳だよ。せっかく本性を隠し続けたのに、無駄になってしまった」

「本性……？」

おそるおそる訊ねる俺に、上水流さんは億劫そうに首を縦に振った。

「俺は面倒くさがりなんだよ。だから最小限の手順で目的を達成したくて、なによりも効率を優先する。利用できるものは、なんでも利用する。気をつけてはいるんだが、予定が狂うような煩わしいことが少しでもあると、つい『面倒』と口にしてしまう。その本性を隠すために、『後進を育てる熱心な音楽家』のふりをしていたんだ」

——毎日の努力の積み重ねが、大きな力になるんだ。

璃子ちゃんにあんな風に語ったのは、本性を隠すための芝居？　愕然とする俺に、上水流さんはどうでもよさそうに言った。

「面倒だが教えてやるよ、坂本くん。君は人がよすぎる」

たじろぐ俺を守るように、雫が口を開く。

「いつからどうやって動いていたのか、話してくれますよね」

「もちろん。むしろ聞いてもらいたい」

「……なにが『むしろ』なのか知らないけど、あたしも聞かせてもらわないとね」

挑むように睨む佳奈さんに視線を投げてから、上水流さんは語り出す。

「俺は神職資格を取るとき、雫さんの実家の神社に研修に行った。雫さんと顔を合わせることはなかったが、お父さんには『頭の回転が速い』と目をかけてもらっていた。その縁で、『娘が心配なので様子を見てきてほしい』という依頼を受け横浜に来た。面倒だったが、雫さんが札幌に戻ったら『巫女舞をするときは、毎回、雅楽を担当させる』という条件を出されては受けない手はない。

『後進を育てる熱心な音楽家』を装えば周囲の信頼を得られるから非常勤講師の職を得て、源神社と関係のある雅楽会にも入った。そうして源神社に出入りしているうちに、雫さんが坂本くんに惹かれていると気づいた。きっかけは五月だ。坂本くんと赤レンガ倉庫に出かけた雫さんは、お洒落な服装をしていただろう。隠し撮りした写真をお父さんに送ったら、こう言っていたよ。

『娘がこんなに着飾って出かけたことはない。一緒にいる男に惚れたとしか思えない』と」

雫は、赤レンガ倉庫に行ったときだけでなく、いつもかわいい服を着て俺と出かける。もしお父さんの言葉が正しいなら——一瞬にして耳たぶまで熱くなったが、雫はなんの動揺もなく言った。

「夏越大祓式で、わたしが何度も視線を向けていたから壮馬さんのことを好きだと確信した、という話は嘘だったのですね」

上水流さんは、まったく悪びれることなく頷く。どうりで夏越大祓式で、雫がそんなそぶりをした記憶がなかったわけだ。

「俺もお父さんも、お姉さんの件が解決したら雫さんは札幌に帰ってくると思っていた。が、坂本くんの存在で状況が変わった。このままでは、雫さんはずっと帰らない。それに、男に現を抜かすような巫女にいい舞ができるはずがない。お父さんも『絶対に交際は認めない！』と息巻いていたよ。お姉さんのことがあるから、余計に頭に血がのぼったんだろうな。『なんとしても雫さんを札幌に連れ戻す』ということで、俺とお父さんの利害が一致した」

お父さん……気持ちはわかるが、そんな頭ごなしに反対しなくても……。

「そのためにどうするべきか思案していた六月の半ば、遠野さんと知り合った。この神社の周りでこそこそする怪しい姿を見て、声をかけたことがきっかけだ」

「佳奈さんは、どうしてそんなことを？」

佳奈さんは、俺から目を逸らしつつ答える。

「……壮馬が神社で働いているという話を聞いて、心配になったんだよ。高校のころ、『兄貴は神社で働いてるけど、なにがおもしろいのかさっぱりわからない』とよく言ってたから」

「壮馬さんは、そんなことをおっしゃっていたのですか」

「か……佳奈さんに声をかけて、どうしたんです？」

雫の声が聞こえなかったふりをして、上水流さんに問う。

「遠野さんに話を聞いたところ、坂本くんを心配しているという。この人は利用できると思った。でも正義感が強そうだから、俺の目的を教えたら、『雫さんの意思を無視するなんて許せない』などと言い出しかねない。

そこで、雫さんが男をたぶらかしまくっている魔性の女で、坂本くんは弄ばれて神社にいると吹き込んだら、あっさり信じた。遠野さんが『なんとか壮馬に神社をやめさせたい』と必死だから、俺も『彼は信心がないと噂で聞いた。そんな男が神社で働くのはけしからん』と嘘をつき、手を組むことにしたんだ。坂本くんがいなくなれば、雫さんは残る理由がなくなるからな。

でも、無理やりやめさせることは難しい。考えた末に『坂本くんに子どもたちの笑顔を見せ続けて教師の夢を再燃させ、自分の意思で源神社をやめてもらう』という遠野さんの提案に乗ることにした」

悔しそうに上水流さんを睨む佳奈さんには悪いが、初対面の人間に「魔性の女」なんて言われてあっさり信じる方にも、さすがに問題があるんじゃないか？

「一方で、坂本くんも雫さんに惹かれているようだった。告白されては厄介だから、失言のふりをして、二人の前で『久遠さんは君のことが好き』と発言した。奥手の雫さんは、ムキになって坂本くんへの恋愛感情を否定する。これで坂本くんは告白できなくなって、雫さんのことはあきらめざるをえない。神社をやめやすくなるというわけだ」

そんな回りくどいことをしなくても、俺は雫に告白できないんだよ……！

上水流さんは、肩をすくめる。

「あとは遠野さんの提案どおり、子どもたちの笑顔を見せ続ければ、坂本くんは教育の道に戻るはずだった。もっとも、坂本くんが教育の道に戻りたがっているというのは遠野さんの勘違いで、全部無駄だったわけだが」

「……上水流さんだって、俺が雫さんを好きだと勘違いしてますよ。そのせいで失敗しましたね。みんな佳奈さんに任せて、俺たちにできるだけ接触しない方がよかったのに。そうしたら、雫さんに正体がばれることはなかった」

「上水流さんは、接触せざるえなかったんです。『巫女舞をしない』と言っているいまのわたしが札幌に帰っても、意味がありませんから」

「面倒なことになったと思ったよ」

上水流さんが渋面になる。

「夏越大祓式では我慢できず、横崎雅楽会の人に頼み込んで龍笛を代わってもらったが、想像以上にすばらしい体験だった。この神社では毎回雅楽を担当できるとはかぎらないから、なんとしても雫さんを札幌に連れ戻す。その決意を新たにしたのに、『義経公に許していただけたと思えるまで巫女舞はできない』と言われてしまったからね。なんとかしなくてはならなかったが、遠野さんに話すわけにはいかないから自分で動くしかなかった」

「あたしには、壮馬の様子を見るために近づくと言ったのに……」

再び悔しそうに睨む佳奈さんには構わず、上水流さんは続ける。

「雫さんを復帰させるには、巫女舞の昂揚感で揺さぶるしかない。そのために、必死に稽古した。『浦安の舞』の神楽笛奏者にもなって、俺の演奏を聞かせ続けた。そして巫女舞に復帰したいという気持ちが高まってきたところで、『縁結びを心がけるだけでも義経公は許してくださる』と吹き込んだ。ここまでお膳立てすれば、坂本くんが少し背中を押すだけで、明日の『浦安の舞』で巫女舞に復帰する。あとは坂本くんにやめてもらうだけ——のはずだったんだ」

「むしろ聞いてもらいたい」と言っただけあって、上水流さんは饒舌だった。

雫は、両手を緋袴の前で重ねたまま息をついた。

「綿密に計画なさったのはわかりますし、神楽笛のお稽古に臨む姿勢には敬意を表します。わたしの巫女舞を、そこまで評価してくださることも光栄です。

でも上水流さんの計画は、前提が根本的に間違っています。わたしが壮馬さんへの恋愛感情を否定したのは、奥手だからではありません。服は、横浜の街並みに合うと思って着ているだけで、かわいいものを選んでいるつもりもありません。壮馬さんは信心ゼロで、わたしは神さまにお仕えする巫女なんです。お互いを好きになることは——」

「ありえないですよね！」

これ以上は傷口を抉られたくなくて、半ば自棄になって俺は言った。雫は、当然のように頷く。

「それに、壮馬さんがいなくなってもわたしは残ります。確かに壮馬さんは、わたしにないものを持っているから、傍にいてくれれば勉強になる。でもこの神社には、人を引き寄せる縁のようなものがあります。他人の気持ちを理解するのが苦手なわたしにとって、こんなに自分のためになる環境はありません」

　雫の語調が、いつもより熱を帯びてくる。

「だから、わたしはなにがあっても源神社に残る。横浜の高校に編入して、卒業するまで札幌には近づかない。父に、そう伝えてください」

「七夕祭りが終わったら、一旦帰るんじゃなかったんですか」

　思わず訊ねた俺に、雫は上水流さんを見据えたまま答える。

「『状況次第』と言ったはずです。上水流さんが父の意向で動いているのなら、帰らないつもりでした」

　どうなることかと思ったが、雫は残ってくれるらしい。うれしいけれど、俺とつき合うつもりがないことも改めて明言されてしまった。それでも、ひとまず安心だ――胸を撫で下ろした瞬間、上水流さんは息をついた。

「立派な心がけだ。そういうことなら、残っていいと思うよ。それで雫さんが成長すれば、お父さんも『神社のためになる』と納得するだろう。ただし、『他人の気持ちがわかるようになりたいから残りたい』という話が、本当だったらだ」

え？

「俺には、君が『坂本くんが好きだから残りたい』としか思えない。そんな性根では、たとえ巫女舞に復帰してもだめになるのは目に見えている。このまま引き下がるわけにはいかない。お父さんにも、そう報告させてもらう」

「やめてください。そんなことをされたら、父は――」

「雫さんを無理やり連れ帰ろうと、乗り込んでくるだろうな。そうなったら、さすがに草壁宮司もとめることはできない。俺としては、巫女舞をやらない雫さんが札幌に戻っても意味がないから、面倒なことになるがな」

雫の表情が硬さを増す。それを見て取った上水流さんは、眼鏡の向こうの双眸を鋭くさせた。

「どうせ札幌に戻ることになるんだ。巫女舞に復帰しないか。俺がそのためにどれだけ執念を燃やしてきたかは、語ったとおりだ。そんな俺が奏でる雅楽で舞えば、君も幸せになれるぞ」

「むしろ聞いてもらいたい」は、これを告げるためだったのか。

でも雫は、頑なところがある。上水流さんがなんと言おうと、自分が義経に「許された」と思えないかぎり、巫女舞に復帰することはないはずだ。札幌に連れ戻されては、その機会を永遠に失うことになる。「他人の気持ちがわかるようになりたい」という願いも叶えられない。そんなの、あまりにかわいそうだ。どうしたら……。

「久遠さんが横浜に残りたい理由と壮馬は関係ないことがはっきりすれば、上水流さんはあきらめるんだよね」

佳奈さんが唐突に言った。上水流さんは、訝しそうにしながらも頷く。

「それなら『他人の気持ちがわかるようになりたいから残りたい』という理由が本当だとわかるからな」

「そういうことだったら。久遠さんは壮馬に恋愛感情は持ってないみたいだし、遠慮なく」

佳奈さんが、身体が触れそうなほど近づいて俺を見上げる。アーモンド形の瞳は、夜を映して青の深さが増していた。こんな近くで見つめられるのは、いつ以来だろう。どきりとしかけたところで、佳奈さんは言った。

「好きです。またつき合ってください」

なにか反応しなくては。

いくら自分に言い聞かせても、身体のどの部位も微塵も動かなかった。脳はぼんやりして、いま自分を取り巻く状況すら不鮮明になっていく。ただ、蟬の鳴き声が一際大きくなった気がした。そこに、雫の呟きが交じる。

「告白……」

その一言で、意識が現実に再接続された。反射的に顔を向ける。雫の両目は、佳奈さんと初めて会ったときのように真ん丸になっていた。

佳奈さんは、雫など存在しないかのように背伸びして、俺に顔を近づけてくる。

「自分の身勝手で振っておきながら、調子のいいことを言っているのはわかってる。でも、ずっと後悔していたの。神社をやめて教育の道に戻ってほしかったのだって、壮馬のためだけじゃない。あたしの近くに来てほしかったから。塾を手伝ってもらったのも、同じ理由」

人間は本当に予想外のことが起こると、パニックを超えて逆に冷静になることを知った。

佳奈さんの気持ちが、うれしくないわけじゃない。佳奈さんなりに俺のことを考えてくれていたのだし（肝心なところは勘違いしていたけれど）、一緒にいたら楽しいだろうとも思う。でも、気持ちに応えることはできない。「俺は雫さんのことが好きなんです」と言うほかない。

そう口にしようとして、ここでそんなことを言ったら雫に俺の気持ちを知られてしまう、と思い至った。それだと雫に、夏越大祓式で嘘をついたとばれるじゃないか。だから告白できないのに、そんなことを忘れるなんて。まずいぞ、全然冷静じゃない。知らないうちに両手両足が震えているから、むしろ大パニック……。

そのとき、気づいた。

佳奈さんが両手で忙(せわ)しなく、自分の赤い髪をいじっていることに。

――『嘘をつくとき髪をいじるからすぐわかる』と壮馬に何度もからかわれたからね。

佳奈さんの言葉が蘇るとともに、今度こそ冷静になった。

この告白は嘘。髪をいじっているのは、その合図。

佳奈さんは、俺とつき合うふりをするつもりなんだ。

上水流さんに利用されて、雫を騙そうとした償(つぐな)いで。

俺がこの告白に頷いても、雫は横浜に残ると言うだろう。上水流さんは誤解しているが、雫が俺とつき合うことは「ありえない」からだ。そうしたら上水流さんは、宣言どおりあきらめる。雫にとっては最良の結果だ。

でも、俺にとっては？

ここで「ふり」でも佳奈さんとよりを戻したら、ただでさえ低い「雫とつき合える可能性」が完全に潰えてしまう。この前も似たような考えが浮かんだことを思い出し、心の中で首を横に振る。

いくら雫のためとはいえ、やっぱりそれは嫌だ。

佳奈さんの気持ちはありがたいけれど断ろう、と口を開く直前。

――実家の神社でも、困っている人たちの相談に乗って、謎解きすることはありました。でも大きな神社だから、神職に選ばれた、かぎられた人のお話しか聞けなかった。この神社ではそういうことがないから、いろいろな人とお話しできます。

息を呑むほど澄んだ瞳でそう語る、雫の姿が脳裏に蘇った。

この子は本当に、心の底から、他人の気持ちがわかるようになりたいんだ。

だったら――雫とつき合える可能性が、完全に潰えるとしても――この先、雫とどうこうなることが決してなくなるとしても――。

加速する鼓動を胸の上から抑えつけ、佳奈さんに目だけで頷き、俺は口を開く。

「俺も佳奈さんのことが、ずっと……忘れられませんでした」

「好きでした」とはどうしても言えなくて、不自然な間ができてしまった。芝居だと見抜かれるか？　焦ったが、上水流さんは思案するような眼差しで俺を見据えるのみ。

「ありがとう。うれしい」

佳奈さんは、頬を赤らめて微笑む。

つき合っていたころの佳奈さんと、ようやく再会した気がした。

気がつけば雫の方は、冷たく透徹（とうてつ）した顔つきに戻っている。

「おめでとうございます。やはりこの場所は、恋愛パワースポットですね」

俺と佳奈さんに一礼した雫は、上水流さんへと顔を向ける。

「遠野さんとつき合った壮馬さんがこのまま神社で奉務を続けても、やめて塾に行っても、わたしは横浜に残ります。壮馬さんは関係ないということです。わたしの目的が『他人の気持ちがわかるようになるため』だと信じていただけたのではないでしょうか」

「本当に雫さんは、それでいいのか？　好きな男が、目の前でほかの女性とつき合うことになってしまったんだぞ？」

「壮馬さんはただの同僚であって、好きになることはありえない。何度も言ったとおりです」

「そういうことなら、まあ……。お父さんには、そう報告するしか……」

上水流さんは、「信じられない」といった顔をしながらも頷いた。

今度こそ一件落着だ――。安堵（あんど）の息を吐くのをこらえていると、兄貴が階段を上ってきた。

「ここにいたんですね、上水流さん。舞手の巫女さんが一人、ふくらはぎを攣ってしまったんです。とても舞えそうにないから、明日は一人舞に変更――」

不意に言葉を切った兄貴は、雫を見るなり切れ長の目を細める。

「どうやら、義経公にお許しいただけたと思えたみたいだね」

唐突な一言だったが、雫は「はい」と頷く。

「わたしが代わりに舞います」

訳がわからなかったが、兄貴は笑顔で頷き返すと、「準備して応接間に来てね」と言い残し階段を下りていった。俺も佳奈さんも、急な事態についていけない。

「時間がないから、すぐに合わせますよ。神楽笛をお願いします、上水流さん」

上水流さんも啞然としていたが、すぐに笑みを浮かべた。

「どういう心境の変化かわからないが、とことんつき合うよ」

口から飛び出したのは、面倒くさがりとはとても思えない一言だった。

閉帖

日付が変わるまで一時間を切ったところで、俺は夜風に当たりたくて社務所を出た。

境内の様子は「祭りの後」という言葉がしっくりくる。七夕祭りの最中はあんなに人がいて、にぎやかだったのが嘘のように静かだ。立ち並んでいた屋台も、既に撤去されている。人の声といえば、社務所の応接間から漏れ聞こえる直会の喧騒くらい。もともとは「神さまが飲食したものを人が口にすることで神人一体になる」という神事だが、現代では祭りの後の打ち上げの色合いが強い。境内中央のお焚き上げの跡は、その声にうらやましげに耳を澄ましているようだった。

拝殿に目を向ける。先ほどの「浦安の舞」が、脳裏に鮮やかに蘇る。

＊

うねるような神楽笛の音に合わせて、二人の巫女が拝殿に現れた。松の紋様があしらわれた白い装束――千早を纏い、右手には金色の雲と番の鳳凰が描かれた檜扇を掲げている。その瞬間、境内の空気がこわいくらい張り詰めた。

巫女の一人は、もちろん雫だ。

「二人でタイミングを合わせている時間はないから、そちらの動きに合わせます。わたしの方は気にせず、これまでどおりに舞ってください」。昨夜、稽古を始める前にもう一人の舞手に言ったとおり、雫は相方にぴたりと合わせて「浦安の舞」を舞った。簡単なことのように言っていたが、初めて一緒に舞う相手に、一晩稽古しただけで合わせたのだ。並大抵のことではない。参拝者には、舞手が「二人で一人」のように見えたことだろう。

それでも俺の視線は、自然と雫のみに引き寄せられた。

雅楽の音に合わせて神棚に一礼する、ただそれだけの仕草すら凜と美しい。身体を回転させてこちらを振り返った瞬間は、思わず吐息が漏れた。檜扇を鉾先鈴に持ち替え八つの鈴を鳴らしたときは、雫自身が神さまに奉納される楽器と化したようで、神々しくすらあった。

神楽笛の演奏もすばらしい。巫女の入退場時に奏でられた独奏（ソロ）は、稽古のときよりも数段音が澄み渡り、恐怖すら覚えるほどだった。

この音色は、雫が舞手だからこそ奏でることができたのだろう。

雫の巫女舞復帰にこだわった上水流さんの気持ちが、よくわかった。

＊

その上水流さんは直会にも参加することなく、祭りが終わるなり帰っていった。雫の父に、状況を報告するのだという。

「雫さんは坂本くんに関係なく横浜に残るのだから、お父さんには納得してもらうしかない。面倒だがな」

そう語る上水流さんの声には覇気（はき）がなく、いまにも倒れそうだった。状況報告というのは建前で、演奏で精根尽き果てたんじゃないか？　俺が想像する以上に、必死に稽古したに違いない。「とことんつき合うよ」と答えたことといい、やっぱり面倒くさがりとは思えない。俺がそう言うと、上水流さんはあきれ顔で首を横に振った。

「いい雅楽を奏でるためには、稽古に励むことが一番面倒じゃないに決まっているだろう」

自覚がないだけで、やっぱりこの人は「隠れ熱血漢」なんじゃないか？

「雫さんの巫女舞は最高だ。こうなったら、源神社（ここ）でも毎回雅楽を担当してやる。そのためには必死に稽古するしかない、面倒だがな」

張り切って帰っていく上水流さんを戸惑いながら見送ると、佳奈さんがひょっこり姿を見せた。上水流さんと顔を合わせないようにしていたのだろう。雫は社務所に残っているし、人であふれた境内は祭りの喧騒に充ちているので、誰かに話を聞かれる心配はない。

「上水流さんも横浜に残るんでしょう。なら、あたしたちはお互いに忙しくて、連絡だけ取っているふりをしよう。顔を合わせた方がいいときは、いつでも連絡をちょうだい。壮馬の都合に合わせるよ」

軽やかな笑い声とは裏腹に、佳奈さんの両手は逆側の肘を固く握りしめていた。髪に、決して触れないようにしている。

雫が魔性の女だと「騙された」のではなくて、「騙されたかった」のかもしれない——それが意味するところを深く考えるのは、やめにした。

*

これで雫は無事残ることになったが、俺の気持ちは全然晴れなかった。夜空を見上げる。

昼間あんなに晴れていたのが嘘のように分厚い雲に覆われ、星も月も見えなかった。

自分の心情を見ているようで、ため息をついてしまう。

夏越大祓式の日、雫を「お姉さんの死」から解放するために嘘をついた。それだけでも辛いのに、これからは「佳奈さんとつき合っている」という嘘までつかなくてはいけないのか——。

「休憩ですか」

振り返ると、雫が社務所から出てきた。佳奈さんと「よりを戻した」ばかりなので、どんな顔をしていいのかわからない。でも雫は、あっさりと言った。

「遠野さんに気を遣わせてしまいましたね」

「え？」

「嘘なんでしょう、お二人がおつき合いするというのは」

「どうしてわかったんです？」

不意を衝かれて認めてしまう。慌てて口を閉じたが、雫は当然のように続ける。

「お二人が、目配せし合ってましたから。わたしのために、上水流さんを騙すお芝居をしてくれたのですよね。ありがとうございます」

それだけで察してくれたなんて。やっぱりこの子は、自分で心配するほど他人の気持ちがわからないわけじゃない。

「璃子ちゃんの件が解決した後、壮馬さんとお話しする遠野さんを見て、どこか無理をしているというか、本心を隠しているというか、うまく言えないけれど違和感を覚えたんです。そのせいで、つい愛嬌を振り撒くのを忘れて遠野さんを見つめてしまいました」

あのときの雫の眼差しの意味を、ようやく悟る。暑中見舞いを届けたときの佳奈さんは、純粋な気持ちで、子どもたちの笑顔を俺に見せようとしていた。だから雫は違和感を覚えず、そのことが違和感になって首を傾げていたんだ。

「でも先ほど目配せしたとき、お二人の心は通い合っていた。僭越ながら、わたしが遠野さんの企みを見破ったことも影響しているはず。縁結びという、源神社における巫女の役目を果たすことができました。これで義経公も許してくださったと思えたから、巫女舞に復帰する気になれたんです」

確かに、つき合っていたころの佳奈さんと「再会」できたのは雫のおかげだ。急な心変わりは、そういうことだったのか。それを兄貴は、あの場に現れた瞬間、察したことになる。

……すごすぎるな、兄貴。

なんにせよ、新たな嘘をつかずに済んでよかった、と安心したのも束の間、雫は続ける。

「壮馬さんと遠野さんはお似合いです。本当によりを戻してもいいのではありませんか」

「あの人と、いまさらそういう関係にはなれませんよ。雫さんとつき合う可能性の方が、まだ高いんじゃないですかね」

「さっき壮馬さんが、お互いを好きになることはありえないとおっしゃったではありませんか」

さりげないアピールは、一刀両断にされてしまった。

どうせ雫が言うだろうから、先に言っただけなのに。

新たな嘘をつかずに済んだことはよかった。でも佳奈さんとの関係を誤解されたままなら、意味がないんじゃないか？　熱を帯びていく頰が、不意に濡れた。見上げると、雨粒が一つ、二つと降ってくる。天気予報は、完全にはずれたらしい。

雫は雨粒を受けるように、両手を広げた。

「催涙雨ですね」

催涙雨。七夕の夜に降る雨。この神社においては、再会が叶った織姫と彦星が流すうれし涙。

「濡れる前に戻りましょう」

社務所に向かう雫の小さな後ろ姿に、ぽつり、ぽつりと雨粒が落ちる。どこか夢のようで、幻想的なその光景を見ながら思う。

俺は、神さまに人間の都合を押しつけすぎているようで、「信心ゼロ」になった。でもこの七夕祭りは、神さまの幸せを願うお祭り。うれし涙の雨も降った。きっと織姫と彦星は、例年以上の感動の再会を果たしたに違いない。

だったら——仮にも源神社に奉務する身として、そういう祭りになるよう尽力したのだから——今夜くらい、心の底の底に封じている願いを——。

「もし俺が信心ゼロじゃなかったら、雫さんが好きになることはありえますか」

振り絞った言葉に、雫の足がとまった。心臓が加速し、喉が急激に渇いていくのを感じながら続ける。

「いや、信心ゼロはゼロなんですけど……言うほどゼロじゃないというか……時と場合によってはゼロではなくなるというか……」

しゃべればしゃべるほどしどろもどろになって、自分でもなにを言っているのかわからなくなっていく。

雫は足をとめたまま、なにも言わない。こちらを振り返りもしない。「ごまかした方がいいか？」と思った矢先、答えが返ってきた。

「もし壮馬さんが信心ゼロではなかったら……困ってしまいます。姉のことで、嘘をついているかもしれないから」

加速する一方だった心臓が、瞬時に減速した。

雫は、俺を振り返らないまま言葉を紡いでいく。

冷たく静かだけれど、微かな震えを帯びた声で。

「時々、不安になるんです。壮馬さんはわたしを救うために、姉のことで嘘をついたのではないか、と。その嘘がばれないように、信心ゼロを貫いているのではないか、と。だから、わたしに好きだと言えないのではないか、と」

全部当たってる……！

「そんなはずないのに、壮馬さんのような人が、他人の気持ちがわからないわたしなんかを好きになるはずないのに、ついそんなことを考えてしまって。自分の気持ちも、わからなくなるときがあります。

夏越大祓式の次の日、壮馬さんがやめるかもしれないと知ったときは、自分でもびっくりするくらい動揺しました。でも遠野さんが来てくれたおかげで、冷静になれたんです。こんなすてきな女性と親しいなら、わたしのことを好きになるはずない。それに気づいたら、どうして動揺していたのかもわからなくなりました」

え？

「そのくせ、白露くんの依頼を解決するために恋人のふりをしたときは少しうれしくて、やっぱり動揺してしまいました。そのせいで青一さんが立ち上がったとき思わず身体が動いて、腕を捻り上げてしまったんです」

ということは……それって、雫も俺を……。心臓が、再び加速していく。雫が、ゆっくりと振り返る。視界に入ったその顔を見て、でも心臓が先ほど以上に減速した。

夜の蒼い闇が混じっても、雫の頬が朱に染まっていることはわかる。大きな瞳が潤んでいることも見て取れる。

でも眉根は、苦しそうに寄せられていた。

「困ってしまいます」

絞り出すように、雫は繰り返す。

ああ、この子はまだお姉さんのことを――。

「――変なことを言って、すみませんでした」

立ちすくんだままぽつりと言う俺に、雫は頷いた。

「そうですよ。壮馬さんがわたしのことを好きだなんて、ありえないんです」

否定ではなく願望のように言って、雫は頬を流れ落ちる水滴を左手の人差し指で拭った。

いまのは雨粒？　それとも……。

「雨が激しくなってきましたね。戻りましょう」

俺に背を向けた雫は、今度こそ社務所に入っていった。雫が消えた戸口を見つめながら、俺は、兄貴や央輔の提案に気乗りしなかった理由に気づいていた。

夏越大祓式の後で好きになった、なんて嘘はつけない。そんないい加減な気持ちで、あの子と接したくない。

「壮馬さんは、他人の気持ちを理解できる人」。雫はそう言ってくれたけれど、そんなことは全然ないと思う。

やっぱり俺は、どうしようもなく雫のことが好きだ。

この気持ちを伝えたい──それがあの子を、どんなに傷つけることになろうとも。

参考文献

『「日本の神様」がよくわかる本　八百万神の起源・性格からご利益までを完全ガイド』戸部民夫（ＰＨＰ文庫）
『嫁いでみてわかった！　神社のひみつ』岡田桃子（祥伝社黄金文庫）
『知っておきたい日本の神話』瓜生中（角川ソフィア文庫）
『神社の解剖図鑑』米澤貴紀（エクスナレッジ）
『巫女さん入門　初級編』神田明神／監修（朝日新聞出版）
『巫女さん作法入門』神田明神／監修（朝日新聞出版）

謝辞

執筆にあたっては、左記の方々にお話をうかがいました。この場を借りて御礼申し上げます。

破磐（はばん）神社　中田千秋（なかたちあき）氏　藤原志帆（ふじわらしほ）氏　藤原元（ふじわらつかさ）氏

埼玉県某神社　Ｙ氏

三田春日神社　三笠貴春（みかさたかはる）氏

なお、この物語は作者の想像を織り込んだ完全なフィクションです。実在の人物及び団体とは一切関係ありません。現実の神社と異なる点は、作者の誤解あるいは創作であり、その責任はすべて作者にあることを明記致します。

解説

円堂都司昭（えんどうとしあき）
（文芸・音楽評論家）

大好評の神社お仕事ラブコメミステリ『境内ではお静かに』、待望の第二弾！

『境内ではお静かに　縁結び神社の事件帖』（単行本は二〇一八年。二〇二〇年に文庫化）に続き今回文庫化されるシリーズ第二作『境内ではお静かに　七夕祭りの事件帖』が二〇二〇年に単行本で発売された際、帯の下隅に書かれていたのが、冒頭に引用したフレーズだ。

「神社お仕事ラブコメミステリ」

キーワードが長い！　多くの要素が詰めこまれた結果である。だからといって胃もたれしない。いずれも連作短編集であるこの二冊は、さらっと読めてクスッと笑える。しかも、おかしいばかりでなく、人の痛みについても書かれていて切なくもある。天祢涼による本書は、良質なエンタテインメントなのだ。

自分探しに一区切りつけようと北国、海外を旅し、帰国後も自己啓発セミナーに通うなどしたあと、大学を中退した坂本壮馬。教師になる夢を捨てた彼は、十一歳年上の兄・栄達が婿養子となり宮司を務める源神社に住みこみで働くことになった。教育係になったのは、参拝者には笑顔をふりまくが、壮馬にはクールな態度を崩さない美少女の巫女・久遠雫だった。二人は神社で起きる様々なトラブルの解決に駆り出される。これが基本設定であり、前作『境内ではお静かに　縁結び神社の事件帖』のあらましについては、本書の序章にあたる「開帖」で簡単に触れられている。

「神社お仕事ラブコメミステリ」であるシリーズについて、要素ごとに記していこう。語り手となる壮馬が子どもの頃から信心と無縁だったのに対し、雫は生真面目に巫女の務めを行っており、「神社」に関する知識も豊富だ。物語中では「神社」で営まれる行事、道具、祀られる神の性格、神道の価値観だけでなく、どんな場面で巫女装束から作務衣に着替えるかといった日常生活も描かれ、神社の管理経営や収入源など業界事情まで解説される。宮司の栄達は、商売上手だとも設定されている。参拝や見物でしか「神社」に接していない読者としては、信仰とともに「お仕事」としての側面が描かれるのは興味深い。

また、源神社で壮馬は雫から教育される立場だが、皮肉なことに彼はもともと教育者を目指していたのだ。それに対し、シリーズ第二作の本書では、元カノで家業の学習塾を継いだ佳奈が登場し、講師として手伝うことを依頼する。彼女は、彼にやはり教師を目指したほうがいいと焚きつける。

しかし、壮馬は雫に恋していた。もう「ラブ」なのである。次々に起こるトラブルの謎を、雫は鋭い洞察力で解く。ただ、彼女にはちょっとずれたところがあって、本人も他人の気持ちがわからないとコンプレックスを抱いている。二人で行動することが増えるにつれ、雫は、壮馬はひとの気持ちがわかる人だと頼るようになっていく。互いの距離は近づく。それなのに壁ができてしまった。

横浜にあるとされる源神社は、源義経を神と祀る設定だ。義経のように非業の最期を遂げ、この世に怨みがあるであろう死者を祀り、御利益を期待するのは、参拝者が神さまを都合よく利用しすぎではないか。壮馬が批判的にそう考えてきたのは、先輩の自殺がきっかけで教職の夢を断念したことが影響している。一方、本書の「開帖」にある通り、雫が北海道から横浜の神社にきた背景には、姉の死の謎があった。近しい人の死が今に影を落とす点で、二人は共通している。だが、傷ついた雫を姉の死から解放するために壮馬がついた嘘は、死んだ人を利用する嘘、つまり信心ゼロ（壮馬は死者を利用したくないから信心しないというのが前提）でなければ成り立たない嘘だった（詳しい経緯は『境内ではお静かに　縁結び神社の事件帖』でどうぞ）。

どえらい美少女で魅かれるのに、参拝者にみせる笑顔を自分にはみせてくれない。そこから出発した関係が、互いを知るようになり距離が近づいたはずなのに、信心ゼロを自称したなら敬虔な巫女である雫に好きになってもらえるわけがない。とはいえ、雫のためを思えば嘘をつき通さなければならず、信心ゼロの姿勢は崩せない。本書で壮馬の恋心はさらにつのるものの、壁ができてしまい、告白すらできない。自縄自縛に陥ったそんな彼のじたばたが、「コメ」ディである。前作で壮馬の恋のライバル的存在、鳥羽真が現れたのに対し、本作では先に触れた元カノ・佳奈のほか、巫女舞をやめた雫に再び舞わせようと執着する謎の男・上主流が登場するあたりも「ラブコメ」っぽいキャラクター配置だ。

そして、このシリーズは、よく考えられた「ミステリ」でもある。前作では無人神社での騒音事件、子ども祭りへの中止要求の脅迫、大学生の就職活動妨害などの謎が解かれつつ、全体を通した工夫があった。本書でも、男子高校生はなぜ塾にこなくなったのか、神社を訪れた父娘が抱える問題、人形慰霊でフィギュアが持ちこまれた背景、上水流の真意が謎となる。また、最終話では、それまであった一連の騒動の背景が語られるのだ。前作も本書も、最終話に至って雫をめぐり隠されていたできごとが判明する。連作短編集の形式を活かした意外性が用意されている。

さらに、二作とも、トラブル解決の方法が、恋愛における壮馬の自縄自縛のじたばたを招く。雫が生真面目な巫女だからそうなるのだし、このシリーズでは「神社」「お仕事」と「ラブコメ」と「ミステリ」が密接に結びついている。とはいえ、縁結びの神社で雫と壮馬の縁は、なかなか結ばれないのだけれど。

本書の神道関連の記述で私が面白いと思ったのは、神さまが宿る「ご神体」が見てはいけないものであること。源神社の神職の一人、桐島（きりしま）は、壮馬に対して次のように話す。

> 見てはいけない、あるかどうかもわからないものに宿る『神さま』の存在が当然のように語られることが新鮮で、超常的な力を感じましてね。本当に自分が呼ばれた気がして、一念発起して神職を目指すことにしたんです。

考えてみれば、本作では雫の本心も、見てはいけないものになっている。雫は探偵役としてトラブルの背後に隠されたものを推理し、関係者の心理をいいあてる。だが、壮馬は恋をめぐって自縄自縛になっているため、彼女も好意を持ってくれているかもしれないと希望的観測を抱いても、告白して相手の隠れた本心を確かめるわけにいかない。雫の本心は、「ご神体」のように不可視の対象になっている。

兄の栄達の本心も読めない。彼は商売上手なだけではなく、神社の旧弊(きゅうへい)を打破する新風を吹きこんだ人であることが本書でわかる。彼はしばしば、壮馬や雫の行動を先読みしたかのごとき発言をし、名探偵の後ろに控える黒幕探偵のように感じさせる場面がある。つかみどころのない人物なのだ。本心の見えない雫と栄達に挟まれて壮馬がおろおろすることで物語は進む。気になる二人の本心が明かされるまでシリーズが続いてほしいと思う。

天祢涼は、第四十三回メフィスト賞を受賞した『キョウカンカク』で二〇一〇年にデビューした。同作は、音を聞くと色や形が見える「共感覚」を有する音宮美夜(おとみやみや)が探偵役だった。美夜シリーズをはじめ、著者は様々なタイプのミステリを発表している。最後に「神社お仕事ラブコメミステリ」の諸要素との関連から、他の作品を簡単に案内しておきたい。

『境内ではお静かに』連作では「神社」を題材にしたが、以前にも宗教と関連した作品があった。『葬式組曲』(二〇一二年)は、葬儀の習慣がほぼなくなり直葬が一般化した世界になお存在する葬儀社を軸にした連作短編集。同作は本格ミステリ大賞の候補となり、収録作が日本推理作家協会賞短編部門の候補になるなど高く評価された。『もう教祖しかない!』(二〇一四年。二〇一七年の文庫化で『リーマン、教祖に挑む』に改題)では、大企業のセレモニー部門に属する社員が、葬式の顧客を奪った新宗教をつぶせと命じられる。

二作とも葬儀という宗教的なことがらを題材にして「お仕事」の面も扱っているのは『境内ではお静かに』と同様だ。天祢の「お仕事」小説として出色なのは、『セシューズ・ハイ　議員探偵・漆原翔太郎　セシューズ・ハイ』に改題）から始まるシリーズだ。二世政治家で後に都知事になる主人公は、テキトーなお調子者にみえるのに事件を解決する探偵役となる。『謎解き広報課』（二〇一五年）では、都会育ちの女性が田舎の町役場で広報紙づくりを担当し取材先で事件に遭遇する。これらの作品は、本人の資質にあわなそうな仕事についた主人公と、その仕事を熟知する人（前者では秘書、後者では優秀な広報マンだった上司）の対比が「コメ」ディになっている点が、『境内はお静かに』と共通する。

一方、『境内はお静かに』はクスッと笑いを誘う内容でありつつ、壮馬も雫も身近な人の死の記憶という痛みを抱えていた。天祢はユーモア・ミステリばかりでなく、貧困や児童虐待をテーマにした『希望が死んだ夜に』（二〇一七年）、『あの子の殺人計画』（二〇二〇年）などシリアスな社会派の作品も執筆している。それらでは年少者の心の痛みがクローズ・アップされ、小説家として幅が広がった。

「ラブ」を描いて『境内はお静かに』に近いテイストがある天祢作品は、『Ghost　ぼくの初恋が消えるまで』（二〇二一年）だろう。殺人事件の被害者となった六歳年上の初恋の人が、幽霊となって十歳の主人公の前に現れる。死んだ彼女のため犯人捜査に協力した彼だったが、相手は十六歳のままなのに自分は年齢を重ね、やがて追い抜いてしまう。幽霊にとっては思いが晴れて成仏できるほうがいいはずだが、彼は彼女に好きになってほしいし、成仏しないで傍にいてくれたほうがいい。主人公のこの微妙な立場は、本書の壮馬の自縄自縛と通じるところがあって切ない。

天祢涼は、ユーモアも痛みもよく知り、読者を楽しませ、切なくさせることに長けている。昨年、デビュー十周年を迎え、ますます執筆が好調なこの小説家から目が離せない。

本書は、二〇二〇年二月、光文社より刊行された作品を文庫化したものです。

「開帖」ならびに「第一帖　おやめになるなら、その前に」は、「ジャーロ」69号（2019 AUTUMN）に掲載されました（他は単行本書下ろし）。

光文社文庫

境内(けいだい)ではお静(しず)かに　七夕祭(たなばたまつ)りの事件帖(じけんちょう)

著者　天祢(あまね)　涼(りょう)

2021年4月20日　初版1刷発行

発行者　鈴木広和
印刷　新藤慶昌堂
製本　ナショナル製本

発行所　株式会社光文社
〒112-8011　東京都文京区音羽1-16-6
電話（03）5395-8149　編集部
8116　書籍販売部
8125　業務部

ISBN978-4-334-79180-3　Printed in Japan

組版　萩原印刷